二見文庫

永遠のエロ

睦月影郎

目次

永遠のエロ

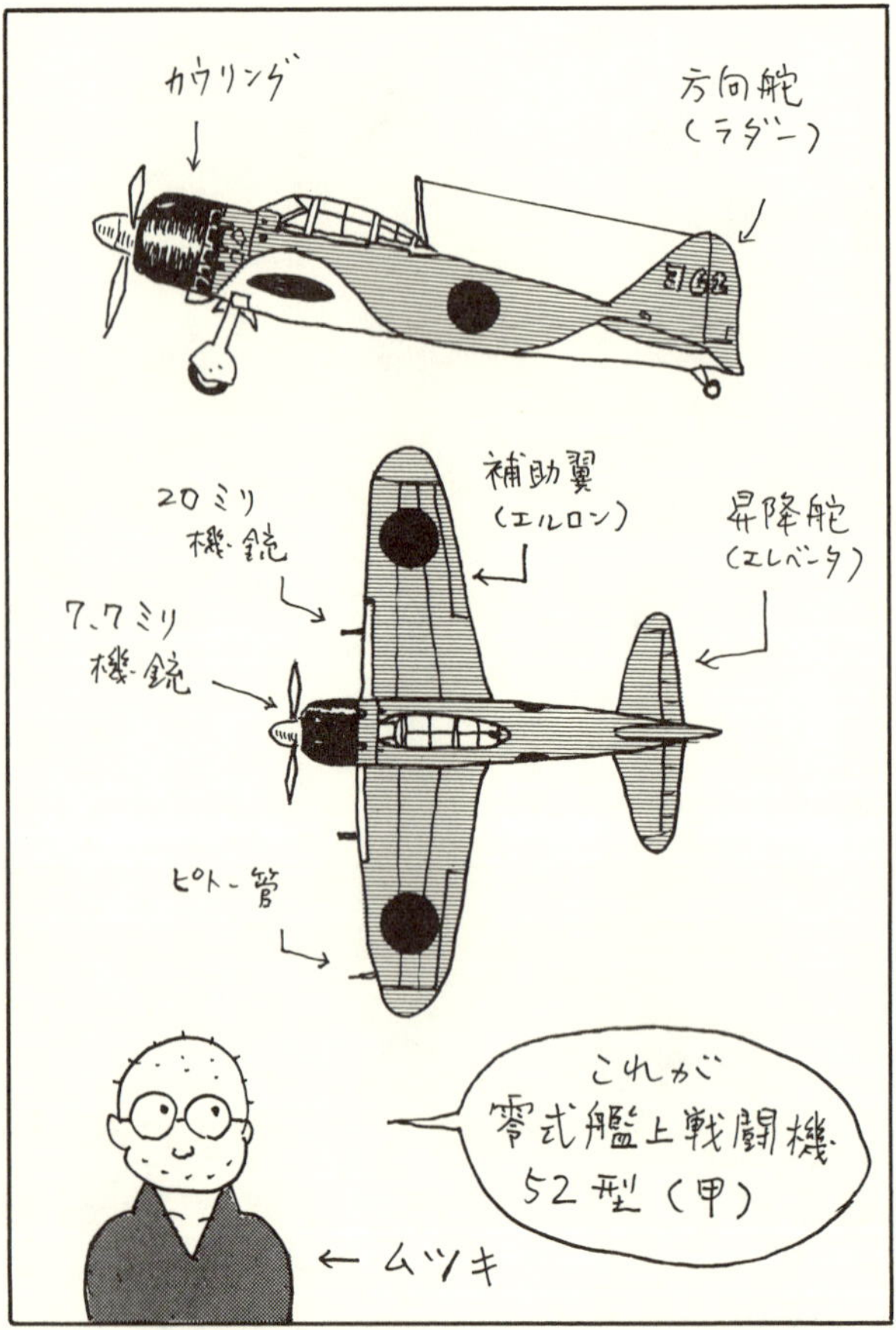

カウリング
方向舵
(ラダー)
補助翼
(エルロン)
20ミリ
機銃
昇降舵
(エレベータ)
7.7ミリ
機銃
ピトー管
これが
零式艦上戦闘機
52型(甲)
← ムツキ

画＝ならやたかし

序

「宜《よ》う候《そろ》ーっ……！」

治郎《じろう》は操縦桿《そうじゅうかん》を引き、グラマンの大群めざして急上昇していった。

不思議に恐怖心はない。

何しろ、この零戦と自分は完全に一体化しているのだ。彼はスロットルを全開にし、機銃の安全装置を外して発射ボタンに指をかけた。

気づいた敵機が急降下してくる。

反転したその一瞬、照準器に敵機の下腹を捉えた。治郎は唇を舐め、引き金を引いた。二十ミリ機銃が轟音を立てて発射され、衝撃とともに硝煙の匂いが操縦席内に満ちてくる。

敵機が火を噴いた。無駄弾は要らない。すぐに治郎はフットバーの左を踏み込み、操縦桿を左に倒して離脱。

そしてすぐ、次の敵を照準器に捉えたのだった……。

第一章　昭和十九年の童貞喪失

1

「もう一度……、戻りたい……」

「え……？　どこへ……？」

見舞いに来ていた治郎は、祖父、二郎《じろう》の言葉に思わず聞き返した。

都内の病院である。

祖父は米寿で、ここ数日体調が悪く入院していたが、衰弱が激しく予断を許さない状態が続いていた。

それが、昏睡していた祖父がふと口を開いたのである。

治郎の父、つまり二郎の息子、竜一郎《りゅういちろう》も間もなく駆けつけるだろう。

「ヨコクウ……」

また祖父が言った。

「え？　それはどこなの……」

治郎が二郎の顔を覗き込んで訊くと、祖父は目を開いて彼を見た。

「ジロー……、志保《しほ》を助けてやってくれ……」

そう言うと、祖父はまた目を閉じて昏睡に入った。

（志保って、若くして死んだ、じいちゃんの奥さん……）

治郎は嘆息しながら思った。

祖母、志保の写真は二十歳《はたち》前の若い頃のままだ。戦争中、息子の竜一郎を産んですぐ空襲で死んだらしい。

二郎は海軍飛行兵で、零戦のパイロットだった。

「ゼロ戦《せん》じゃないぞ。レイセンとちゃんと言わないとな」

よく、祖父は治郎に言っていたものだ。

二郎は長男の竜一郎出産も知らず、その頃は南方の戦線に行っていたようだ。

そして戦後になって引き上げてくると、新妻の志保は死に、子だけがいた。

以後、二郎は大企業の機械工場に就職し、一度も妻帯することなく、両親とともに竜一郎を育てた。

竜一郎も同じ企業に入り、晩婚だった。

杉井《すぎい》治郎は十八歳。大学一年生で、夏休みが終わったばかり。

家は品川にあり、勉強もスポーツも中程度。まだ彼女はおらず、ファーストキスさえ未経験の完全な童貞だった。

ふと、祖父の枕元を見ると、古めかしい腕時計が置かれていた。

文字盤に小さく、錨《いかり》のマークが付いているから、海軍時代のものだろうか。裏返すと、そこに、『ジロウ・シホ』と彫られていた。

南方への出撃前に、二人で彫ったものだろうか。だが旧仮名づかいでは『ジラウ』なのではないかと少し変に思った。

針は動いていないが、治郎はそれを腕に嵌《は》めてみた。

すると、長針と短針がいきなりすごい速さで動きはじめたのである。

「え……？」

驚いて見ると、それは逆時計回りに動いているではないか。

見ているうち、治郎は目眩《めまい》を起こしてしまった。そして、慌てて腕時計を外そうとしたが、そのまま気を失ってしまったのである。

——どれぐらい経っただろうか。

気がつくと、そこは祖父の病室ではなかった。

治郎は周囲を見回した。

そこは小さな喫茶店だ。治郎はカウンターに突っ伏していたらしい。

左手首には、例の腕時計。針は、午後八時を指している。つけっぱなしのラジオからは、雑音混じりに、「欲しがりません。勝つまでは～」という歌が流れていた。

そして自分の着ている服に、治郎は驚いていた。

青みがかった緑色（褐青色）の背広、下にはシャツを着ている。傍らには、錨のマークが入った同じ色の帽子、右袖を見ると、黒いワッペン。金筋三本に、やはり錨のマークだ。

（これは帝国海軍第三種軍装、階級は飛行兵長……）

治郎は、心の中で思った。

（え……？　なぜ知ってる。僕がそんなことを……）

治郎は自問自答しながら、無人の店内を見回した。

目の前にはビール瓶と、飲みかけのグラス。

壁のカレンダーを見ると、何と昭和十九年九月になっているではないか。

（どこだ、ここは……。いや、僕は誰だ……）

治郎は思いながら、椅子から立った。身体が軽く力が漲《みなぎ》り、視力もよくなっているように思えた。

洗面所らしきドアがあったので、中に入ると汲み取りの和式。

壁にあった鏡に顔を映してみると、確かに自分の顔なのだが、坊主頭になっていて、日に焼けて精悍《せいかん》そうだった。

（いや、僕だろうか。若い頃のじいちゃんの顔にも似ている……）

治郎は思い、やがて洗面所を出た。

すると、脇の階段から一人の女性が、毛布を抱えて降りてくるところだった。

「あら、目が覚めたの、ジロちゃん。じゃこれは要らないわね」

四十前で和服姿、髪をアップにした色白の美女が言って毛布を上へ投げ、自分だけ降りてきた。

どうやら二階が住居になっているようだ。

彼女がカウンターの中に入り、グラスに水を注いでくれたので、治郎もまた椅子に掛けた。

（坂上奈津《さかがみなつ》、三十八歳……）

胸の中に、そんな言葉が浮かんだ。

どうやら治郎の内部に、当時の祖父、二郎の記憶も入り交じりはじめているようだった。

「はい、お水」

「あ、有難う……」

「でも、十九にもなって初めてビールを飲んで酔い潰れるなんて、予科練では、相当真面目にやっていたのね」

奈津が笑顔で言い、治郎も曖昧な笑顔で頷いた。

（十九……？　昭和十九年なら、じいちゃんは……）

治郎は急いで計算してみた。すると二郎も、この時点では治郎と同じく十八歳のはずである。

（そうか、数え年か……）

治郎は納得した。予科練とは、海軍飛行予科練習生の略で土浦《つちうら》に学校があり、祖父はそこを出てパイロットになったと聞いている。

二郎は、中学四年生で予科練を受けた。通常なら三年近い教育期間があるのだが、昭和十九年では搭乗員不足により、その半分で卒業、二等飛行兵から一気に飛行兵長になった。

兵の一番上で、その上は下士官、二等飛行兵曹、陸軍で言えば伍長になる。

（満十八歳で兵長か……）

その出世が早いのか普通なのか分からないが、土浦での教育期間の思い出も、治郎の心の中に浮かび上がってきた。

激しい訓練の中でも、二郎は実に優秀な操縦技術を持ち、赤トンボと呼ばれる複葉の中間練習機や、二人乗りの零式練戦（零戦型の練習機）でも自在に機を操れるようになっていたのだった。

どうやら治郎は、完全に大正十五年（昭和元年）生まれの二郎と、身も心も一つになって、七十年前である、この昭和十九年（一九四四年）にタイムスリップしてきたことを自覚した。

（そうだ。予科練を出て、この横須賀航空隊に配属され、さらに南方へ出撃するはずだったが、船がないので待機状態になっていたのだ……）

治郎はいろいろ分かってきた。

祖父が言った「ヨコクウ」とは、横須賀航空隊のことだったのだ。

してみると、臨終間近い二郎の執念が、孫の治郎をこの時代に送り込んだことになる。

目的は、若くして死んだ妻の志保を助けるためだろう。

二度と再婚しなかった二郎は、よほど志保に執着し、その死を長く悼《いた》んでいたようだった。

「大丈夫？」

水を飲み終えた治郎に、奈津が言った。

「ええ、大丈夫です。もう全然酔っていません」

「でも休暇中なのだから泊まっていってもいいわ。明日八時半までに部隊へ帰ればいいでしょう？」

奈津が言ってカウンターから出てきて、店を閉めはじめた。

「え？　いいんですか……？」

「構わないわ。梅子《うめこ》は、今夜は志保さんの家に泊まりに行っているから」

奈津が言って看板をしまい、戸締まりを終えた。看板には、「はまゆう」と書かれている。

あとで知ったが、浜木綿ではなく、浜友という意味らしい。

この土地が追浜《おっぱま》という名なので、追浜の友、つまり海軍さんたちのために命名されたような喫茶店だった。

(志保……)

どうやら梅子というのは奈津の娘で、志保はその友だちらしい。祖母は昭和二年生まれだから、現在満十七歳。

とにかく店の灯りを消した奈津に促され、治郎は帽子を持って一緒に二階に上がっていったのだった。

2

「ビールは初めてだったようだけど、女の方は?」

奈津が、帯を解きながら艶《なま》めかしい眼差しで言った。

「え……、いや、まだ……」

治郎は、胸を高鳴らせてモジモジと答えた。治郎はもちろん童貞だし、二郎の記憶をたどっても、予科練では血の滲む訓練に明け暮れ、女体に触れたことはなかったようだ。

「私でよかったら手ほどきするわ。何も知らず志保さんを抱いたのでは戸惑うでしょうから」

奈津が、見る見る白い熟れ肌を露わにして言った。

どうやら、志保はたまにここで店を手伝い、それで二郎と知り合ったようだ。

そして親しくなり、何となく恋人とか許婚《いいなずけ》とかいった話になっているらしいがまだ触れてはいないのだろう。

奈津からは、娘の梅子には、あまり軍人には嫁《とつ》がせたくないような雰囲気が感じられた。

あとで聞くと、軍人である夫は南方からの音信が途絶え、この店は近々引き払い、母娘で地方へ疎開する計画のようだった。

やがて治郎も、興奮と緊張に軍服を脱ぎはじめた。まさか七十年前の美熟女を相手に、童貞を失うとは夢にも思わなかったのだ。

シャツと靴下、ズボンまで脱ぐと、何と下着はT字帯のような越中褌《えっちゅうふんどし》だった。

それも外すと、激しく勃起したペニスが現れた。

胸も腹も、腕も脚も引き締まって逞しいが、ペニスだけは間違いなく見慣れた自分のものだ。

敷かれていた布団に恐る恐る横たわると、枕やシーツには甘ったるい女の匂いが沁み込んでいた。

二階の部屋は六畳と四畳半の続きで、布団の敷かれたここは六畳間。

あと梅子の布団を敷くスペースもある。四畳半の方は茶簞笥《ちゃだんす》に卓袱台《ちゃぶだい》、ミシンや簞笥《たんす》などが置かれていた。台所はないので、階下の店のものを使っているのだろう。

やがて奈津が腰巻まで脱ぎ去り、一糸まとわぬ姿で向き直り、彼の傍らに腰を下ろしてきた。

「すごいわ、高射砲のように逞しい……」

奈津が、屹立しているペニスを見下ろして言い、やがて優雅な仕草で添い寝してきた。

そして上からピッタリと唇を重ねてきたので、治郎もファーストキスの感激を味わいながら受け止めた。

熱く湿り気ある息が、白粉《おしろい》のように甘い匂いを含んで鼻腔を刺激した。

奈津の唇が、触れ合ったまま開かれ、間からヌルッと舌が伸び、彼の口に侵入してきた。

歯を開いて受け入れると、それはクチュクチュと滑らかに蠢《うごめ》き、生温かな唾液のヌメリを与えながらからみついた。

治郎も舌を触れ合わせ、心地よい舌触りと甘い息に陶然となった。

彼もヌルッと舌を挿し入れてみると、

「ンン……」

奈津は熱く鼻を鳴らし、チュッと吸い付いてきた。

そして彼女は、執拗に舌を蠢かせながら甘い息を弾ませ、そろそろと治郎の股間に指を這わせてきたのである。

最初は恥毛を掻き分け、硬くなった幹に触れ、徐々に張りつめた亀頭まで撫で上げていった。

「い、いっちゃう……」

たちまち治郎は唇を離し、声を上ずらせて口走った。

オナニーは日に二度三度とするが、他人に触れられたのは生まれて初めてなのだから無理もなかった。

「まあ、もう？」

奈津が驚いて言い、幹から手を離した。

「いいわ、じゃ一度出してしまった方が落ち着くし、若いのだから、どうせ続けて出来るでしょう？」

彼女は言って移動し、仰向けの治郎を大股開きにさせると、その真ん中に腹這い、股間に白い顔を迫らせてきたのだ。

そしてまずは、舌を伸ばして陰嚢《いんのう》をヌラヌラと舐め回してくれた。

「アアッ……！」

治郎は、ゾクゾクする妖しい快感に声を上げた。

奈津は彼の股間に熱い息を籠《こ》もらせ、舌で二つの睾丸を転がし、袋全体を生温かな唾液にまみれさせてくれたのだ。

さらに舌先で、肉棒の裏側をペローリと舐め上げ、先端まで達すると、尿道口から滲む粘液をチロチロと舐め取り、張りつめた亀頭にもしゃぶりついてきたのだった。

「あうう……！」

スッポリと根元まで呑み込まれると、治郎は激しい快感に呻き、暴発しないよう懸命に肛門を引き締めて堪えた。

一度出してよいと言っているのだから、我慢せず、このまま口に出してよいのかもしれないが、やはり美女の口を汚すのも抵抗があるし、少しでも長くこの快感を味わっていたかった。

奈津は深々と含み、熱い鼻息で恥毛をそよがせながら、幹を口で丸くキュッと締め付けて吸い、内部では執拗に、クチュクチュと舌がからみつくように蠢いていた。

たちまちペニス全体が、美女の生温かな唾液にどっぷりと浸り、急激に絶頂を迫らせてヒクヒクと震えた。

奈津も歯を当てぬよう巧みに愛撫し、さらに顔全体を小刻みに上下させ、濡れた口でスポスポと強烈な摩擦を開始してきたのだ。

「い、いっちゃう……！」

治郎は突き上がる快感に絶えきれず口走り、無意識にズンズンと股間を突き上げながら、溶けてしまうような絶頂に貫かれてしまった。

「ああッ……！」

喘ぎながら、熱い大量のザーメンをドクンドクンとほとばしらせ、勢いよく美女の喉の奥を直撃した。

「ク……、ンン……」

噴出を受け止めながら、奈津が小さく鼻を鳴らし、さらに上気した頬をすぼめて吸い上げてくれた。

「あう……！」

口腔がキュッと締まると、治郎は駄目押しの快感に呻き、たちまち最後の一滴まで出し尽くしてしまった。

反り返っていた身体からグッタリと力を抜き、四肢を投げ出すと、奈津もようやく吸引と舌の蠢きを止めてくれた。

そして亀頭を含んだまま、口の中いっぱいに溜まった出したてのザーメンを、一息にゴクリと飲み込んでくれたのだ。

「く……」

治郎は呻き、彼女の口の中でもう一度ピクンとペニスを震わせた。

口を汚した申し訳なさも、全て飲んでもらって大きな感激に包まれた。そして汚したのではなく、彼女の意思で吸い取られたのだと思った。

ようやく彼女はスポンと口を引き離し、淫らにチロリと舌なめずりした。

なおも指で幹をしごくように握り、尿道口に脹らむ白濁のシズクまで、丁寧に舐め取ってくれた。

「ああ……、どうか、もう……」

治郎は射精直後の亀頭を過敏に震わせ、降参するように言った。

そして腰をよじらせると、やっと奈津は舌を引っ込めて顔を上げ、再び添い寝してきた。

「いっぱい出たわね。さすがに濃くて多いわ」

奈津が言いながら、優しく腕枕してくれた。

湿り気ある熱い吐息にザーメンの生臭さは残らず、さっきと同じ甘い白粉臭がしていた。

それに、ほんのり汗ばんだ胸元や腋から漂う、甘ったるい体臭も入り交じり、悩ましく鼻腔を掻き回してきた。

まだ激しい動悸が治まらず、治郎は荒い呼吸を繰り返しながらも、鼻先にある奈津の腋の下に顔を埋め込んでしまった。

そこには色っぽい腋毛が煙り、鼻を擦りつけると、ミルクのように甘ったるい汗の匂いが籠もっていた。

「くすぐったいわ……。汗臭いでしょう……」

奈津は言いながらも拒まず、彼の坊主頭を撫で回してくれた。

「これで落ち着いたでしょう。今度は私を好きにしていいのよ……」

彼女が言い、治郎は美女の体臭に噎《む》せ返りながら、乳房に手を伸ばした。

乳輪も乳首も綺麗な桜色で、その膨らみは白く豊かだった。

そっと乳房に触れ、乳首を弄《もてあそ》びながら顔を移動させ、チュッと含んだ。

そしてコリコリと硬くなった乳首を舌で転がしながら、顔を柔らかな膨らみに押しつけて感触を味わった。

3

「ああ……、いい気持ちよ……」

奈津がビクッと顔を仰《の》け反《ぞ》らせて喘ぎ、次第に仰向けになって熟れ肌を晒してきた。治郎も上からのしかかり、もう片方の乳首も含んで舐め回し、左右を交互に味わった。

そして彼女が完全な受け身体勢になっているので、治郎も勇気を出し、ぎこちないながら積極的に愛撫を開始した。

滑らかな肌を舐め下り、形よい臍を舐め、張り詰めた下腹から豊満な腰、ムッチリとした太腿も舌でたどっていった。

「アア……」

奈津は熱く喘ぎ、治郎が何をしても拒まなかった。

丸い膝小僧から脛《すね》を舐め下りていくと、微かな体毛があって実に新鮮な興奮が得られた。足首まで舐めると身を起こし、彼女の足首を摑んで浮かせ、足の裏にも顔を押し当てていった。

硬い踵《かかと》から柔らかな土踏まずを舐め、縮こまった指の間に鼻を割り込ませるとそこは汗と脂にジットリ湿り、蒸れた匂いが濃く籠もり、その刺激が鼻腔からペニスに伝わっていった。

爪先にしゃぶり付き、指の股にヌルッと舌を潜り込ませると、

「あう……、ダメ、汚いから……」

奈津が足を震わせ、声を上ずらせて言った。

しかし激しく拒むことはしないので、治郎は全ての指の間を舐め、桜色の爪を嚙み、もう片方の足にもしゃぶり付いていった。

新鮮な味と匂いを貪り、全て舐め尽くすと、彼は腹這いになって脚の内側を舐め上げ、顔を股間に進めていった。

両膝の間に顔を割り込ませ、白くムッチリとした内腿を舐めると、股間から発

する熱気と湿り気が顔じゅうを包み込んできた。

「アア……、そんなところ見なくていいのよ。早く入れて……」

「ううん、初めてだからよく見せて……」

奈津が声を震わせて言ったが、治郎は割れ目に鼻先を迫らせて答えた。

目を凝らすと、色白の肌が下腹から股間に続き、ふっくらした丘には黒々と艶のある茂みが濃く密集していた。

肉づきがよく丸みを帯びた割れ目からは、興奮に濃く色づいた花びらがはみ出し、ヌメヌメと大量の愛液に潤っていた。

そっと指を当てて陰唇を左右に広げると、

「く……」

触れられた奈津が、羞恥に小さく息を呑み、内腿を強ばらせた。

中身が丸見えになり、治郎は興奮しながらも一つ一つ確認して観察した。

襞の入り組む膣口が艶めかしく息づき、その少し上にポツンとした小さな尿道口も見えた。

そして包皮の下からは、ミニチュアの亀頭の形をしたクリトリスが、小指の先ほどの大きさで真珠色の光沢を放ち、ツンと突き立っていた。

何と興奮をそそる眺めだろうか。

もう我慢できず、治郎は吸い寄せられるようにギュッと割れ目に顔を埋め込んでしまった。

「あう……！」

奈津が呻き、白い下腹をヒクヒク波打たせた。

柔らかな恥毛に鼻を擦りつけると、腋の下に似た甘ったるい汗の匂いが悩ましく鼻腔を満たし、茂みの下の方にはほんのりと悩ましい残尿臭の刺激も入り交じっていた。

舌を這わせると、ヌルッとした淡い酸味のヌメリが迎えてくれた。これが愛液の味なのだろう。

奥に挿し入れ、膣口の襞をクチュクチュと掻き回し、滑らかな柔肉をたどり、コリッとしたクリトリスまで舐め上げると、

「アアッ……、い、いいのよ、舐めたりしなくても……」

奈津が声を震わせ、遠慮がちに言った。それでも量感ある内腿で彼の両頬をキュッときつく挟み付けてきた。

治郎は美女の味と匂いを堪能し、さらに奈津の腰を浮かせた。

お尻は形よく豊満な逆ハート型だ。

谷間を広げると、奥には薄桃色のツボミがひっそり閉じられ、僅かにレモンの先のようにお肉を盛り上げていた。

鼻を埋めると、顔に双丘の丸みが密着し、汗の匂いに混じって秘めやかな微香が悩ましく籠もっていた。

治郎は美女の恥ずかしい匂いを貪り、舌先でチロチロとツボミを舐め、唾液に濡らすと舌を潜り込ませ、ヌルッとした滑らかな粘膜も味わった。

「あう……！　ダメよ、そんなところ……」

奈津が驚いたように言い、キュッと彼の舌先を肛門で締め付けてきた。

治郎は、内部で充分に舌を蠢かせてから、ようやく引き抜いて再び割れ目に戻った。

大洪水になっている愛液をすすり、クリトリスに吸い付いて、さらに指を濡れた膣口に潜り込ませてみた。

指は熱く濡れた膣内に滑らかに吸い込まれ、なおも彼はクリトリスを舌先で弾き、指の腹で内壁を小刻みに摩擦した。

「い、いきそう……、待って、お願い、入れて……！」

奈津が腰をよじり、激しく拒んで言った。

このまま果ててしまうのを惜しむ様子である。

そして半身を起こし、彼の顔を股間から懸命に突き放したので、治郎もようやく身を離し、再び仰向けになっていった。

「どうか、上からお願いします……」

「私が上……？」

言うと、奈津は戸惑いながらも答え、恐る恐る彼の股間に跨がってきた。

屹立した先端を、濡れた膣口に押し当て、息を詰めてゆっくりと腰を沈み込ませた。

張りつめた亀頭が潜り込むと、あとはヌメリと重みで、ヌルヌルッと滑らかに根元まで呑み込まれていった。

「アアッ……！」

奈津が顔を仰け反らせて喘ぎ、完全に座り込んで股間を密着させた。

治郎も、肉襞の摩擦と温もりに包まれ、キュッと締め付けられながら必死に暴発を堪えた。

何という心地よさだろう。さっき彼女の口に出していなかったら、挿入時の摩擦だけで果てていたに違いなかった。

そして股間に美女の重みと温もりを感じながら、内部でヒクヒクと幹を震わせて、童貞を捨てた感激を噛み締めた。

「ああ……、なんていい気持ち……」

奈津も喘ぎ、若々しいペニスを味わうようにモグモグと締め付け、しばし股間をグリグリと擦りつけてから身を重ねてきた。

治郎も両手を回し、下からしがみついた。

僅かに両膝を立てると、嵌まり込んだ局部のみならずムッチリした内腿の感触も伝わってきた。

奈津も彼の肩に腕を回し、肌の前面を密着させた。

下から唇を求めると、

「ンンッ……」

奈津も熱く鼻を鳴らしてネットリと舌をからめてくれた。

治郎は美女の唾液と吐息を味わい、滑らかに蠢く舌を舐め回した。

すると奈津が、待ちきれないように腰を動かしはじめたのだ。

治郎もズンズンと股間を突き上げると、次第に互いの動きが一致し、リズミカルになっていった。

大量に溢れる愛液が律動を滑らかにさせ、クチュクチュと淫らに湿った摩擦音が聞こえ、互いの股間がビショビショになった。

「アア……、いきそう……」

奈津が口を離し、淫らに唾液の糸を引きながら喘いだ。

治郎も、美女の湿り気ある甘い息を嗅ぎながら、どうにも突き上げが止まらなくなってしまった。

たちまち彼は、二度目の大きな絶頂に全身を貫かれ、溶けてしまいそうな快感に打ち震えた。

口に出して飲んでもらうのもよかったが、やはり男女が一つになり、快感を分かち合うのが一番なのだということを実感した思いだった。

「く……！」

突き上がる快感に呻き、彼はありったけの熱いザーメンをドクドクと勢いよく柔肉の奥にほとばしらせてしまった。

「あ、熱いわ……、いく……、ああーッ……！」

噴出を感じた途端、奈津もオルガスムスのスイッチが入ったように声を上げ、ガクンガクンと狂おしい痙攣を開始した。

膣内の収縮も最高潮になり、治郎は美熟女の絶頂の凄まじさに圧倒される思いで、心置きなく最後の一滴まで出し尽くしていった。

すっかり満足して徐々に動きを弱めていくと、

「アア……」

奈津も満足げに声を洩らし、熟れ肌の強ばりを解いてグッタリと彼に体重を預けてきた。

まだ膣内はキュッキュッと名残惜しげに締まり、刺激されるたびヒクヒクとペニスが跳ね上がった。

「あう……、感じすぎるわ。もう暴れないで……」

奈津が言い、押さえつけるようにきつく締め付けた。

やがて治郎も力を抜き、美女の白粉臭の息を間近に嗅ぎながら、うっとりと快感の余韻に浸り込んでいったのだった。

4

(あ……、夢じゃなかったんだ……)

翌朝、治郎は目を覚まし、奈津の部屋の中を見回して思った。

まだ夜明け前で、窓の外はうっすらと空が白みがかっていた。柱時計を見ると午前四時過ぎである。

隣では、全裸のままの奈津が眠っている。

昨夜は何とも濃厚な童貞喪失をして、二人で階下に降りて身体を流した。

店の裏に井戸があり、そこで身体が洗えるようになっているのだ。そして身体を拭いて二階に戻り、二人して全裸のまま身体をくっつけて寝た。

タイムスリップという混乱と、童貞を捨てた感激、心地よい疲労感に治郎はすぐにも眠り込んでしまった。

そして今、隣で熟れ肌を寄せている奈津の温もりと甘い寝息を嗅いでいるうち彼はたちまちはっきりと目が覚め、朝立ちの勢いも手伝って我慢できなくなってしまった。

すると、彼女も治郎の身じろぐ気配に目を開けた。

「起きたの？　まだゆっくりしていていいわ……」

奈津も時計を見上げて言い、やはり目が覚めてしまったように、彼に腕枕してくれた。

甘ったるい体臭に包まれながら、治郎は豊かな乳房に顔を埋め、乳首に吸い付いた。

「ああ……、また始めるの……？　いいわ、好きにして……」

奈津が、すぐにもうねうねと身悶え、熱く喘いで言った。

治郎も、彼女の寝起きで濃くなった息の匂いに激しく興奮し、のしかかりながら左右の乳首を交互に吸って舌で転がした。

さらに舌で肌を舐め下り、股間に顔を埋め込んだ。

「あう……、また、そんなところを……」

奈津は呻きながらも、素直に両膝を開き、好きなだけ舐めさせてくれた。

治郎も、恥毛に籠もる汗とオシッコの匂いを貪るように嗅ぎながら、淡い酸味の愛液が溢れはじめた割れ目を味わった。

そして待ちきれなくなると、すぐにも身を起こして股間を進め、今度は正常位で先端を割れ目に押しつけていった。

ヌメリを与えるように亀頭を擦りつけ、位置を探った。

「もう少し下よ、そう……、そこ……」

奈津も息を詰めて言い、僅かに腰を浮かせて誘導してくれた。

グイッと股間を押しつけると、張りつめた亀頭がヌルリと潜り込み、あとはヌメリに助けられてヌルヌルッと滑らかに根元まで吸い込まれていった。

「アアッ……、いいわ、奥まで届く……！」

奈津が身を弓なりに反らせて喘ぎ、キュッときつく締め付けてきた。

治郎が股間を密着させ、両脚を伸ばして身を重ねていくと、彼女も両手を回して抱き留めてくれた。

胸の下では豊かな膨らみが押し潰れて弾み、汗ばんだ肌の前面が密着した。

恥毛が擦れ合い、コリコリする恥骨の膨らみまで伝わってきた。

治郎は、まだ動かず、温もりと感触を味わいながら唇を重ねていった。

「ク……」

奈津が熱く甘い息を弾ませて呻き、ネットリと舌をからめてきた。

治郎が美女の唾液と吐息に酔いしれていると、待ちきれないように彼女がズンズンと股間を突き上げてきた。

彼も合わせて腰を遣いはじめると、すぐにも果てそうに高まってきた。

しかし上だと、危うくなると動きを止め、また呼吸を整えて動きはじめるのも自在で楽だった。

溢れる愛液がピチャクチャと摩擦音を立て、揺れてぶつかる陰嚢まで生温かく濡れた。

治郎は急激に絶頂を迫らせながら、奈津の喘ぐ口に鼻を押しつけ、唾液と吐息の匂いで悩ましく鼻腔を満たした。このまま、身体ごと美女の口から呑み込まれたい気分だった。

そして、いつしか股間をぶつけるように激しく動くと、今度は先に奈津が昇り詰めてしまった。

「い、いく……、アアーッ……！」

声を上ずらせ、彼を乗せたままブリッジするようにガクガクと腰を跳ね上げ、激しく膣内を収縮させた。愛液も粗相《そそう》したように大量に噴出し、たちまち治郎も絶頂に達してしまった。

「く……！」

突き上がる大きな快感に息を詰め、彼は勢いよく熱いザーメンを内部にほとばしらせた。

「あう……、すごいわ……！」

噴出を感じ、奈津は駄目押しの快感を得たように口走った。

治郎は心地よい摩擦の中、心ゆくまで快感を貪り、最後の一滴まで出し尽くしていった。

「ああ……、いい気持ち……」

奈津がうっとりと言いながら、徐々に硬直を解いてグッタリとなっていった。

治郎も満足しながら動きを弱めてゆき、やがて息づく熟れ肌に体重を預けて力を抜いた。

まだ膣内がキュッキュッと締まり、ペニスが過敏にヒクヒクと反応した。

そして彼は、また奈津の口に鼻を押し込み、唾液と吐息の混じった悩ましい匂いを嗅ぎながら、うっとりと快感の余韻を嚙み締めたのだった。

しばし重なったまま荒い呼吸を繰り返していたが、やがてそろそろと彼が身を起こすと、奈津が手を伸ばして、ティッシュではなくチリ紙を取った。

股間に紙をあてがったので、治郎はゆっくり引き抜いた。

奈津が割れ目を拭き、彼もチリ紙でペニスを処理した。そして再び添い寝すると、奈津がまた腕枕してくれた。

「お教え頂き、有難うございました……」

治郎は、心から感謝を込めて言った。

「嫌ですよ、そんな律儀にお礼なんて。私もすごくよかったのだから」

奈津が言い、ようやく呼吸を整えた。

「でも、あんなことといきなり志保さんにしたらダメよ。いいところのお嬢さんだし、生娘《きむすめ》だから驚いてしまうわ」

奈津が言う。足の指や肛門を舐めたことを言っているのだろう。

「ええ、でもアソコを舐めるのは自然と思いますけれど……」

「だから、いきなりでなく高まるまで時間をかけてね」

「はい……」

治郎は素直に答えた。

あとで聞くと、志保の家は横須賀《よこすか》海軍工廠《こうしょう》の界隈にあり、父親も技師だったようだが先月転勤になり、今は家を引き払って、夫婦で舞鶴《まいづる》の工場に行っているらしい。

しかし志保は、来春に女学校を卒業なので、一人で残り、担任の家に下宿しているようだった。

やがて二人は起き上がって身繕いをし、階下に降りていった。治郎は裏の井戸端で顔を洗って歯を磨き、御不浄を借りた。

そして店に行くと、奈津が朝食の仕度をしてくれていた。

朝刊に目を通してみたが、戦況は軍事機密なのかほとんど書かれておらず、学童の集団疎開や、男子不足で鉄道職員に女子を採用、というような記事ばかりだった。

治郎は新聞を置き、食事をした。

麦飯と漬け物、海苔《のり》と味噌汁だけだが実に旨《うま》かった。

やがて食事を終えて茶を飲むと、そろそろ八時だ。奈津も開店準備に入ったので、治郎も行くことにした。

「では戻ります。また来ますので。あ、昨夜のビール代は」

治郎は言ってポケットを探ると、蝦蟇口《がまぐち》が出てきた。開けると、五十銭玉に五銭十銭の小銭ばかりが入っていた。

「いいのよ。いくらも飲んでいないのだから、また今度」

「そうですか。では」

治郎は帽子をかぶって言うと、カチンと踵《かかと》を合わせて背筋を伸ばして敬礼をした。二郎が肉体を操っているようで自然な動作だった。

ちなみに陸軍の敬礼は右肘を真横に伸ばし、二の腕を水平にするが、海軍は肘が右斜め四十五度になる。整列しての敬礼は、艦の中は狭いので、この作法になったと言われていた。

やがて、はまゆうを出ると通りには古めかしい自動車が行き交い、煙草屋や食堂も店を開けはじめていた。

通りを横切ると潮の香りが感じられ、少し歩くと横須賀航空隊の営門《えいもん》が見えてきた。

いかめしい門番に敬礼して入り、二郎に操られるように迷うことなく営舎に向かった。すると、営舎の向こう側に飛行場と格納庫があり、何機かの戦闘機があった。

治郎は、思わず足を止めて戦闘機を見た。

5

（ゼロ戦……、いや、レイセンだ……）

治郎は目を見張った。

濃緑色の機体に日の丸、黒いカウリングに三枚ペラ。水滴型の風防に三点姿勢の美しさ。

三菱零式艦上戦闘機五十二型甲。

機体に七・七ミリ機銃が二挺、主翼に二十ミリ機銃が二挺ある。祖父から何度も聞かされていた。

翼を連ねている姿は、実に勇ましかった。そして、その中の一機が治郎の愛機なのである。

とにかく建物に入り、帰隊の挨拶をした。

「おお、戻ったか」

横須賀鎮守府《ちんじゅふ》から派遣されている辻大尉《だいい》が気さくに言った。彼は海軍経理学校出のエリートで、治郎のような艦待ちの居候の世話係である。

「早速だが、少々頼まれてもらいたい」

「は」

「大津高女で軍事訓練の指導と、開墾の手伝いだ。男手が足りんうえ、配属されている大先輩からの頼みでな。今日から二日間だ。帰隊は明後日、ヒトハチサンマル（午後六時半）」

「はっ、承知しました！」

不動の姿勢で言い、一礼して辻大尉の部屋を出た。

そして彼は、いったん自分の宿舎へと戻り、下着と靴下だけ替え、すぐにまた部隊を出た。

飛行機乗りなのだが、一向に乗る機会がない。

しかし南方へ送られれば生還の望みはないだろう。それで同情し、辻大尉も少し治郎にのんびりさせてくれているのかも知れない。

もっとも、二郎は南方から生きて引き上げてきたのであるが。

追浜駅まで歩き、そこから大東急《だいとうきゅう》（現在の京浜急行《けいひんきゅうこう》電鉄の前身）の下りに乗った。

窓から海が見え、鯨のような形をした猿島が浮いていた。木造家屋でどれも貧しげだが、戦時とは思えない長閑《のどか》さも感じられた。

公郷《くごう》、堀之内《ほりのうち》を過ぎると、新大津《しんおおつ》で降りた。女学校用に新設された駅だと聞く。

少し歩くと校門が見え、「神奈川県立大津高等女学校」と書かれていた。

やけに懐かしい木造校舎を見ながら入って行くと、何と校庭の大部分が畑になっており、セーラー服にモンペ姿の女学生が鍬《くわ》を振るっていた。おそらく南瓜でも植えているのだろう。

風に乗って、思春期の甘ったるい体臭が漂ってくるようだ。

「あ、二郎さん……！」

中の一人が彼に気づいて言い、もう一人の手を握ってこちらに向かって駆けてきた。

声を掛けたのが、奈津の娘で坂上梅子。笑窪《えくぼ》が愛らしく、健康で元気そうなお下げ髪だ。

そして手を引かれてきた大人しげな美少女が、後に治郎の祖母となる、志保である。

二人とも高等女学校の五年生で、十七歳。数えで十八、治郎の一級下だ。

志保は鉢巻きを取り、物静かな笑顔で頭を下げた。

「やあ、配属将校の安藤《あんどう》中佐にお目にかかりたいんだ」

「分かりました。じゃ志保、ご案内してあげて」

梅子が言い、志保を前に押しやった。

「では、こちらです」

志保が言い、治郎も彼女の案内に従った。梅子は羨ましげに見送っていたが、やがてすぐ畑に戻った。

「舞鶴の両親から手紙が届きました。私が選んだ方なら構わないって」

歩きながら、志保が周囲を気にして言った。

どうやら結婚の約束が成立したようだ。プロポーズの瞬間に立ち会えなかったのは残念な気もするが、とにかく目の前にいる清楚な美少女が自分の許婚《いいなずけ》となったのである。

「そう、嬉しいよ」

「ええ、私も……」

「出港がいつになるか分からないけど、そう遠いことではない。その前に役所に届けようね」

「はい……」

治郎が言うと、志保も小さく頷いた。

やがて校舎の隅にある、宿直室のようなところへ案内された。

誰も居ないが、裏庭から水音がするので覗いてみると、初老の男が水を浴びていた。

どうやら開墾《かいこん》の手伝いをして一段落したところのようだ。

「安藤中佐ですか。自分は杉井二郎飛長であります」

「おお、来てくれたか。着替えるまでちょっと待っててくれ」

彼も気さくに言い、治郎は廊下で待っている志保のところへ戻った。

「今日明日と、軍事教練や畑の手伝いで泊まり込むことになるから」

「本当ですか。嬉しい」

言うと、志保はほんのり頰を染めて笑みを浮かべた。

あまりに愛らしいので、祖母ということも忘れ、治郎は思わず抱き締めてしまった。

もっとも、祖母と言っても初対面だし、二十歳前に死んでいるから志保の若い頃の写真しか知らないのである。

「あん……」

志保は驚いて小さく声を洩らしたが、すぐに恐る恐る両手を回してきた。

治郎は俯いている志保の顎に指を掛けて上向かせ、そっと唇を重ねた。

「う……」

志保が呻き、長い睫毛を伏せた。

間近に見える頰は神聖な丸みを描き、水蜜桃のように産毛が輝いていた。

無垢な唇は柔らかく、若々しい弾力があり、ほんのりと唾液の湿り気も伝わってきた。

舌を挿し入れ、滑らかな歯並びからピンクの歯茎まで舐め回すと、志保もおずおずと歯を開いて侵入を許してくれた。

美少女の口の中は、まるでイチゴでも食べたばかりのように甘酸っぱい芳香が悩ましく籠もり、心地よく鼻腔を刺激してきた。

舌をからめると、志保の舌も次第にチロチロと蠢き、生温かく清らかな唾液のヌメリを伝えてきた。

初めて触れる美少女の舌は、何とも美味しかった。

もちろん奈津が手ほどきしてくれたから、これほど積極的になれたのである。

「ンン……」

志保が小さく鼻を鳴らし、果実臭の息を弾ませた。

吐息の匂いばかりでなく、髪の香りや、セーラー服の襟元からも甘ったるい汗の匂いが立ち昇り、治郎は激しく勃起してしまった。

「おお、待たせたな」

安藤中佐の声がし、治郎は慌てて唇を離した。

「じゃ、私は畑に戻ります……」

志保は真っ赤になりながらか細く言い、一礼して踵《きびす》を返していった。

治郎は許婚の美少女の残り香を味わいながら、また宿直室に入っていった。

安藤中佐は、夏用の白い二種軍装に身を包み、治郎もあらためて挨拶した。

彼はすでに退役しているが、今はこの高等女学校の配属将校として勤務し、鎮守府にも後輩がいるから今回の手伝いを頼んだのだろう。

「すぐそこに海軍刑務所があるんだ。わしもジャクっていたから、ヨコチン（横須賀鎮守府）より刑務所の方が似合っていたが、無事に退官したよ」

中佐が、茶を淹《い》れてくれながら言った。

ジャクる、とは海軍用語で、上官に反抗することである。今は好々爺《こうこうや》だが、かつては相当に血の気が多かったようだ。

「そうか、艦待ちか。行き先は機密だろうが、南方だな」

茶を飲みながら自己紹介すると、中佐がしんみりと言った。

「まあ、女の子を眺めながら二日間のんびりやってくれ。軍事訓練と言っても、竹槍しかないからものの役に立たたん。畑の方は順調だから、主にそっちの方を手伝ってくれ」

中佐が言う。

女学生たちは、一、二年の低学年の大部分は地方へ疎開し、三、四年生は海軍工廠に勤務していた。残っているのは卒業待ちの五年生ばかりらしい。

「分かりました。では早速畑を見て参ります」

治郎は立ち上がって言い、一礼すると宿直室を出た。そして帽子をかぶって校舎を出ようとすると、そこで二十代前半の女性と行き合った。

「あ、手伝いに参りました、杉井二郎飛長です」

「うかがっております。志保さんの婚約者の方ですね。私は担任の立原《たちはら》百合子《ゆりこ》と申します」

百合子が、笑みを見せて言った。白いブラウスに黒のタイトスカート。髪を引っ詰めてノーメイクだが、濃い眉が凜々《りり》しく、実に颯爽とした美女だった。

この彼女の家に、志保が下宿しているようだった。

第二章　許婚との初夜

1

「今夜と明日と、うちへお泊まり下さい。志保さんにお世話をさせますので」

「それは、有難うございます」

百合子に言われ、治郎は素直に頭を下げた。

そして校庭に行き、女学生たちが開墾している畑へと出た。

女学生たちは十数人いて、みな一斉に仕事の手を休め、治郎と百合子の方に整列した。

百合子が彼女たちに治郎を紹介し、彼も威厳を込めて挙手をした。

しかし女学生たちと同年代なので、どうにも一斉に見つめられると顔が熱くなってしまった。

みな健康美に溢れ、目が綺麗で純粋な少女たちで、治郎のいた平成の時代ではあまり見ないタイプだった。治郎が、志保の許婚というのは知れ渡っているようで、彼を見つめる視線には羨望と好奇心が満ち溢れていた。

やがて彼女たちは作業に戻り、治郎も鍬を手にして校庭の硬い土を開墾していった。

土浦時代も土嚢《どのう》作りをさせられ、力仕事には慣れている。

治郎は、祖父二郎の肉体を借りながら、自然に動く手足を心地よく思い、滴る汗も疲労も爽快だった。

しかも土の匂いに混じり、思春期の甘ったるい体臭まで風に漂って感じられるのだ。

だが黒い雲が天空を覆いはじめ、風が湿り気を帯びてきたと思ったら、たちまち大粒の雨が降ってきた。

「みんな教室へ！」

百合子が言い、みな一斉に農具を抱えて校舎へと避難した。

治郎も中に入ったが、どうもやみそうにない。

「では、今日は授業を行ないます」

百合子が言うと、女学生たちは教室に入って授業の仕度をした。

「今日はやまないでしょうから、杉井さんは先に私の家へ行って下さい。志保さんに案内させます。私は夕刻帰りますので」

彼女が言うと、志保も言いつけられて傘を二本持ってきた。

「ではお先に」

治郎も素直に従い、志保と一緒に女学校を出た。

彼女の案内で雨の中を十分ほど歩くと、百合子の家に着いた。

かなり広い仕舞《しもや》た屋で、昨夜は梅子も泊まり込んだのだろう。百合子の親たちも、すでに疎開し、他には誰も居ないようだった。

志保が借りている部屋に上がり込み、制服を脱ぐと志保がハンガーと手拭いを出してくれた。

部屋は六畳間で、机と本棚があるきりだった。

「あの、先生が、抱いてもらいなさいって……」

「え……?」

「いつ出航か分からないのだから、少しでも長く一緒にいるようにと」

「そう……」

百合子は、この時代にしては進歩的な女性らしい。雨を幸い、気を利かして志保と二人きりにしてくれたのだろう。

そう、どちらにしろ早くしなくては、来年治郎の父は生まれなくなってしまうのだ。

それならと、治郎はズボンとシャツも脱ぎ、夏用の袴下《こした》と靴下も脱ぎ去ってしまった。

「さあ、君も脱いで」

言うと、志保も歩いてくる間にすっかり覚悟を決めたように、モジモジと押し入れを開けて布団を敷き延べ、セーラー服とモンペを脱ぎはじめた。

「恥ずかしいわ……」

上半身裸になると、志保が言って胸を隠し、布団に座り込んだ。

治郎も越中褌を脱ぎ去って全裸になると、そっと彼女を横たえ、ズロースを引き脱がせて一糸まとわぬ姿にさせてしまった。

そして志保を仰向けにさせ、両手を握って胸から引き離した。

形よく張りのある膨らみが息づき、初々しい薄桃色の乳首と乳輪が艶めかしく露わになった。

治郎は、処女の胸に屈み込み、チュッと乳首に吸い付き、顔中を柔らかな膨らみに押しつけて思春期の弾力を味わい、チロチロと舌で転がした。

「ああ……」

志保がか細く喘ぎ、くすぐったそうにクネクネと身悶えた。

汗ばんだ胸の谷間や腋からは、何とも甘ったるい体臭が漂い、悩ましく鼻腔を刺激してきた。

もう片方の乳首も含み、充分に舐め回してから、治郎は志保の腋の下にも顔を埋め込んだ。そこには可愛らしい和毛《にこげ》が煙り、鼻を擦りつけるとミルクのように甘い汗の匂いが胸に沁み込んできた。

「いい匂い……」

「アア……、堪忍……」

思わず言うと、志保が身悶えながら小さく答えた。

そのまま彼は脇腹を舐め下り、腹の真ん中に舌で移動していった。無垢な肌は滑らかで、うっすらと汗の味がした。

形よいお臍を舐め、張りのある白い腹部に顔を埋め込み、若々しい弾力を味わった。

そして丸みのある腰から、ムッチリとした内腿へ降りていった。

奈津にはたしなめられたが、どうにも全てを舐めたいし、志保もすっかり魂が抜けたように放心し、身を投げ出していた。

膝小僧から滑らかな脛を舐め下りたが、体毛は薄く、どこもスベスベだった。

そして足裏にも舌を這わせ、縮こまった指に鼻を割り込ませると、さすがにずっと畑仕事をしていたからか、そこは汗と脂にジットリ湿り、生ぬるくムレムレになった匂いが濃く籠もっていた。

治郎は美少女の足の匂いを貪り、爪先にしゃぶり付いて、順々に指の間に舌を潜り込ませていった。

「あう……、い、いけません……、そんなところ……」

「いや、全て味わえと上官からの厳命なんだ。どうかじっとしていて」

恥じらう志保に、治郎は適当なことを言いながらしゃぶり尽くし、もう片方の足も、味と匂いが薄れるまで貪ってしまった。

やがて充分に味わうと、治郎は脚の内側を舐め上げ、顔を処女の股間に進めていった。

「アア……」

両膝の間に顔を割り込ませると、志保が朦朧《もうろう》としながら喘ぎ、白い下腹をヒクヒクと波打たせた。

割れ目に迫って目を凝らすと、ぷっくりした恥丘には楚々《そそ》とした若草がほんのひとつまみ、恥ずかしげに煙っていた。

割れ目からは薄桃色をした小振りの花びらがはみ出し、そっと指を当てて左右に広げると、

「く……！」

生まれて初めて触れられた志保が、小さく呻きビクッと内腿を震わせた。

中も実に綺麗なピンクの柔肉で、まだそれほど潤っている感じはないが、細かな襞が花弁状に入り組む処女の膣口が息づき、ポツンとした小さな尿道口も確認できた。

そして包皮の下からは、小粒のクリトリスが真珠色の光沢を放って顔を覗かせていた。

「み、見ないで……」

彼の熱い視線と息を感じ、志保がか細く言った。

「すごく綺麗だよ」

治郎は股間から答え、もう我慢できずギュッと顔を埋め込んでしまった。

柔らかな茂みに鼻を擦りつけると、甘ったるい濃厚な汗の匂いと、ほのかな残尿臭が可愛らしく入り交じって鼻腔を刺激してきた。

舌を這わせると、陰唇の表面は汗か残尿か判然としない微妙な味わいがあり、彼は膣口の襞を舐め回した。

そのまま滑らかな柔肉をたどってクリトリスまで舐め上げていくと、

「アアッ……！」

志保が喘ぎ、反射的にキュッと内腿できつく彼の両頬を挟み付けてきた。

治郎はもがく腰を押さえつけるように抱え込み、チロチロと舌先で弾くようにクリトリスを舐め回した。

そして膣口の周りに舌を戻すと、いつしかそこはヌルッとした潤いに満ち、淡い酸味が感じられた。やはり控えめで恥ずかしがり屋の処女でも、クリトリスを刺激されれば充分に濡れてくるようだった。

さらに彼は志保の腰を浮かせ、白く丸いお尻の谷間にも顔を寄せた。

谷間の奥には、綺麗な薄桃色のツボミが、恥じらうようにひっそり閉じられていた。

鼻を押しつけて嗅ぐと、汗の匂いに混じり、やはり秘めやかな微香が籠もり、悩ましく鼻腔を刺激してきた。

治郎は顔じゅうを双丘に密着させながら美少女の恥ずかしい匂いを貪り、舌を這わせて細かに震える襞を味わった。

そして、さらに舌先をヌルッと押し込んで、滑らかな粘膜まで舐め回した。

2

「ああッ……、い、いけません……」

志保が驚いたように声を上ずらせ、潜り込んだ治郎の舌先を肛門でキュッと締め付けてきた。

彼は執拗に内部で舌を蠢かせ、ようやく志保の脚を下ろして再び割れ目に戻ると、量が増した愛液を貪り、クリトリスに吸い付いた。

「アア……、どうか、もう……」

志保が降参するように声を上ずらせ、しきりに腰をよじった。

もう治郎も我慢できず、ようやく舌を引っ込めて身を起こすと、彼女の無垢な中心部に股間を進めていった。

急角度にそそり立った幹に指を添えて下向きにさせ、先端を濡れた割れ目に擦りつけてヌメリを与え、位置を探った。

志保も急に覚悟を決めたように息を詰め、じっとそのときを待っていた。

やがて治郎がグイッと股間を押し進めると、張りつめた亀頭が処女膜を丸く押し広げて潜り込み、あとは潤いに助けられてヌルヌルッと滑らかに呑み込まれていった。

「あう……！」

志保が眉をひそめ、奥歯を嚙み締めて呻《うめ》いた。

治郎も熱いほどの温もりと、きつい締め付け、心地よい肉襞の摩擦とヌメリに包まれながら処女を征服した感激に浸った。

動かなくても、息づくような収縮が繰り返された。

彼は股間を密着させたまま、ゆっくりと身を重ねていった。すると志保も、下から両手を回してしがみついてきた。

胸の下で可愛いオッパイが押し潰れて弾み、汗ばんで密着する肌の温もりが伝わってきた。

恥毛も擦れ合い、コリコリする恥骨も感じられた。

彼は志保の肩に腕を回して抱きすくめ、上からピッタリと唇を重ねていった。舌を挿し入れ、唇の内側のヌメリと、滑らかな歯並びを舐めると、彼女もチュッと吸い付いてくれた。

「ンン……」

彼女が熱く呻くたび、湿り気ある甘酸っぱい息が悩ましく弾んだ。

生温かな唾液に濡れた舌を舐め回し、治郎は美少女の清らかな唾液と吐息を貪りながら、徐々に腰を突き動かしはじめた。

「く……」

志保が呻き、身を強ばらせた。

しかし愛液が充分なので、次第に動きが滑らかになり、クチュクチュと湿った摩擦音も聞こえてきた。

彼女は徐々に、破瓜の痛みも麻痺してきたようだ。

「い、いく……！」

たちまち治郎は大きな絶頂の快感に全身を貫かれて口走り、ありったけの熱いザーメンをドクンドクンと勢いよく柔肉の奥にほとばしらせてしまった。

「ああ……」

噴出を感じたか、志保が小さく声を洩らした。あるいは無意識に、嵐が過ぎ去ったことを察した安堵の声だったかも知れない。

治郎は心ゆくまで快感を味わい、最後の一滴まで出し尽くし、徐々に動きを弱めていった。

この一回で、見事に命中したかも知れない。父、竜一郎は来年の七月に生まれているのだ。もちろんこの肉体は祖父、二郎のものなのだから、父が治郎の子ということにはならない。

すっかり満足して動きを止め、治郎は志保の口に鼻を押しつけ、甘酸っぱい吐息と唾液の匂いに鼻腔を刺激されながら、うっとりと快感の余韻を嚙み締めたのだった。

志保も、いつしか全身の強ばりを解いてグッタリと身を投げ出していた。

呼吸を整え、そろそろと股間を引き離して身を起こした。

そして手を伸ばしてチリ紙を取り、手早くペニスを拭ってから志保の股間に顔を潜り込ませた。

陰唇が痛々しくめくれ、膣口から逆流するザーメンには、うっすらと血の糸が走っていた。

優しく紙を当てて拭き清め、処理を終えると治郎は彼女に添い寝した。

「痛かったろう。ごめんね」

「いいえ、平気です……」

囁くと、志保はそっと下腹に手を当てて小さく答えた。あるいは女の本能で、孕《はら》んだことを感じているのかも知れない。

腕枕して肌を密着させていると、治郎は萎えることなく、まだまだゾクゾクと淫気が高まってしまった。

「ここ舐めて……」

言いながら乳首を志保の唇に押しつけると、彼女も熱い息で肌をくすぐり、チロチロと愛らしい舌を這わせてくれた。

「ああ……、気持ちいい……、噛んで……」

喘ぎながら言うと、志保もそっと綺麗な歯で乳首を挟んでくれた。

「もっと強く……」

「大丈夫ですか……」

「うん、力を入れて噛んで……」

言うと志保もキュッと噛んでくれ、治郎は甘美な痛みと快感に包まれ、ピンピンに回復してしまった。

さらに志保の顔を股間の方へ押しやると、彼女も素直に移動してくれた。

美少女の熱い視線と息がペニスに感じられ、治郎は期待にヒクヒクと幹を震わせた。

「触って……」

「これが入ったのですね……」

言うと、志保は小さく言いながら、恐る恐る幹を撫で、やんわりと手のひらに包み込んでくれた。

「お口でして……」

さらに言いながら治郎が大股開きになると、志保も真ん中に腹這い、顔を寄せてきた。舌をチロリと伸ばし、まだザーメンと愛液、破瓜の血に湿っている先端を舐め回してくれた。

「ああ……、いい気持ち……」

治郎が快感に喘ぐと、志保も張り詰めた亀頭を含み、クチュクチュと舌をからめてきた。

「ここも舐めて……」

陰嚢を指して言うと、志保はチロチロと袋を舐め、二つの睾丸を転がしてくれた。治郎は、股間に籠もる熱い息と清らかな唾液に濡れた舌の蠢きに高まっていった。

そして再び先端を口に押しつけると、今度は志保も丸く開いた口でスッポリと根元まで呑み込んでくれた。

彼女の呼吸が恥毛をくすぐり、唇が幹を丸く締め付けた。

内部では舌が滑らかに蠢き、たちまちペニスは美少女の生温かな唾液にまみれて震えた。

ズンズンと股間を突き上げると、志保も無意識に顔を小刻みに上下させ、濡れた口でスポスポと心地よい摩擦を繰り返してくれた。

「い、いっちゃう……、飲んで……」

あっという間にオルガスムスに達して口走ると、熱い大量のザーメンが勢いよく噴出し、美少女の喉の奥を直撃した。

「ク……、ンン……」

ほとばしりを受け、志保が小さく呻いたが吸引と舌の蠢きは続行してくれた。

治郎は、美少女の口を汚す禁断の快感に身悶え、心ゆくまで出し尽くしてしまった。

硬直を解いてグッタリと力を抜くと、志保も吸引を止め、亀頭を含んだまま口に溜まったザーメンをコクンと飲み干してくれた。

「あう……」

キュッと口腔が締まると、治郎は駄目押しの快感に呻き、志保の口の中でピクンと幹を震わせた。

全て飲み込むと、志保はチュパッと口を引き離した。

そしてなおも幹を握りながら、尿道口から滲む余りのシズクまで丁寧に舐め取ってくれたのだった。

「ああ……、も、もういい、有難う……」

治郎は過敏に反応し、クネクネと腰をよじりながら降参した。

志保も顔を上げて再び添い寝し、大仕事でも終えたように太い息を吐いた。

「不味くなかった……？」

「ええ……」

囁くと、志保が小さく答えた。

治郎は彼女を抱きすくめながら、心地よい余韻に浸った。

まだ雨は止まず、夏の終わりを告げるような遠雷が微かに聞こえてきた。

3

「お邪魔します。ちょっと、よろしいですか……」

治郎の部屋に、寝巻姿の百合子が入って来た。

あれから夕方になって百合子は帰宅し、三人で夕食を終えた。そして治郎は、与えられた部屋に横になったところだった。

あるのはタンスと、空襲に備えて布で覆われた電灯だけ。テレビも無い時代は、実に夜が早い。

「はい。志保は」

「ぐっすり眠っています」

聞くと、百合子が答えた。

志保も昼間は畑仕事をし、夕刻まで治郎と戯れていたので、心身ともに疲れていたのだろう。

治郎は少々地味な模様のある布団の上に座り、微かな期待に胸を熱くさせて百合子を迎えた。

「志保さんを、抱きましたか」

「ええ……、初めてでしたが何とか……」

百合子が率直に聞いて来たので、治郎も正直に答えた。

「そう、よかった」

百合子は彼の向かいに座り、安堵したように小さく頷いた。

「私の夫も、南方へ発ったばかりなのです」

「そうだったのですか……」

もし治郎の到着がもう少し早ければ、彼女の夫と同じ艦だったかも知れない。

聞くと、百合子は二十三歳。海軍工廠で知り合った将校と結婚し、僅か半月で出撃していったようだ。

ここも夫の家で、親たちはすでに疎開しているらしい。

「そこでお願いです。私を抱いて下さい」

「え……」

決意を秘めた美しい顔に真っ直ぐ見つめられ、治郎は驚いて聞き返した。

「私には身寄りがありません。仮に夫が戻らなくても、子がいれば何とかなります。半月の間では、孕んだかどうかも分かりませんので」

なるほど、とにかく子が欲しいのだろう。大変だろうが、それが生き甲斐にもなるし、この家との繋がりも保てる。

打算ではなく、身寄りのない者には必死の願いのようだった。

「わ、分かりました……。私でよろしければ……」

股間を疼《うず》かせて言うと、百合子も安堵したように肩の力を抜いた。

「ああ、よかった……。志保さんの子と私の子が兄弟になるのも御縁でしょう」

百合子が、ほんのり頬を染めて言った。

もっとも、すでに夫の子を孕んでいるかも知れないが、夫以外の男に身を任せるのだから、治郎の子という覚悟の方が強いのだろう。

「では、どうか……」

百合子が立ち上がり、帯を解いて言った。

「僕からもお願いが」

「何でしょう」

「なにぶん初めてなので、志保とは手探りでした。今後のため、つぶさにお教え頂けると有難いです」

治郎は無垢なふりをして言った。

「か、構いません……。ご無理なお願いをするのですから……」

「では、灯りはこのままで」

百合子が答えると、治郎も脱ぎながら言った。

やがて百合子が一糸まとわぬ姿になり、布団に横たわった。さすがに緊張と羞恥に身を強ばらせ、志保のように胸を隠していた。

治郎も全裸になって添い寝し、甘えるように腕枕してもらった。

「あ……！」

百合子がビクッと身を震わせ、小さく声を洩らした。

腋の下に顔を埋めると、やはり色っぽい腋毛が鼻をくすぐり、甘ったるい濃厚な汗の匂いが胸に沁み込んできた。

そう毎日風呂を焚《た》くわけではないし、帰宅して身体を拭いた程度だから、充分に彼女本来の体臭が沁み付いていた。

治郎は胸いっぱいに美人教師の汗の匂いを嗅ぎ、徐々に移動して手を引き離してオッパイに迫っていった。

膨らみは、ややツンとした上向き加減で形よく、乳首も乳輪もまだ初々しい薄桃色をしていた。

チュッと乳首に吸い付き、舌で転がすと、

「アア……」

百合子が熱く喘ぎ、じっとしていられないようにクネクネと身悶えた。

乳首はコリコリと硬くなり、膨らみに顔を押しつけると心地よい弾力が感じられた。

もう片方も含んで執拗に舐め回すと、百合子の息が熱く弾み、均整の取れた肢体がうねうねと波打った。

さらに滑らかな肌を舐め下りると、淡い汗の味がした。

腹部にはズロースの痕がくっきりと印され、形よい臍を舐め、張りのある下腹にも顔を押しつけた。

腰骨を舐めると、相当くすぐったいように、

「ああッ……！」

百合子は声を上ずらせ、狂おしく腰をよじった。

それでも志保に聞かれぬよう、懸命に喘ぎ声を抑えているようだ。もっとも部屋がだいぶ離れているから、まず熟睡している志保が目を覚ますようなことはないだろう。

白くムッチリとした太腿を舐め下り、脛まで舌を這わせると、やはりまばらな体毛があって実に艶めかしかった。

足裏に移動して舌を這わせ、指の股に鼻を割り込ませると、そこは汗と脂に生ぬるく湿り、蒸れた匂いが濃く籠もっていた。

爪先にしゃぶり付いて指の間に舌を潜り込ませると、

「あう……、ダメ、そんなこと……」

百合子が驚いたようにビクリと身じろいで呻き、生徒の悪戯でもたしなめるように言った。

構わず足首を摑んで押さえ、全ての指の股をしゃぶり、もう片方の足も存分に貪った。

そして脚の内側を舐め上げ、両膝の間に顔を割り込ませて、熱気と湿り気の籠もる股間へと迫っていった。

「い、いけません……」

「どうか、しっかり見せて下さいませ」

百合子が声を震わせ、それでも治郎は大股開きにさせて鼻先を寄せた。

彼女は、すぐにも挿入してくるとでも思っていたのだろう。

「アア……、は、恥ずかしい……」

股間に彼の熱い視線と息を感じ、百合子は両手で顔を覆って喘いだ。

見ると、ふっくらした丘には程よい範囲で恥毛が茂り、下の方は溢れる蜜のシズクを宿していた。

割れ目からはみ出す陰唇も興奮に色づき、指で広げると、ヌメヌメと潤う柔肉が丸見えになった。

膣口の襞も入り組んで息づき、クリトリスは包皮を押し上げるようにツンと突き立ち、真珠色の光沢を放っていた。

「も、もうよろしいでしょう……」

「いえ、もう少し……」

羞恥に包まれながら百合子が言ったが、治郎は答え、そのままギュッと顔を埋め込んでしまった。

柔らかな茂みに鼻を擦りつけて嗅ぐと、甘ったるい汗の匂いが馥郁《ふくいく》と籠もり、ほのかな残尿臭も悩ましく鼻腔を刺激してきた。

舌を這わせると、やはり淡い酸味のヌメリが感じられ、彼は息づく膣口からクリトリスまで舐め上げていった。

「ああッ……、ダメ……！」

百合子が驚いて口走り、逆に内腿は彼の顔を離さぬかのようにキュッときつく締め付けてきた。

治郎は腰を抱え込みながら、チロチロと執拗にクリトリスを舐めては、新たに溢れてくる蜜をすすった。

さらに脚を浮かせ、形よいお尻の谷間にも迫っていった。

両の親指でムッチリとした双丘を開くと、可憐に色づいたツボミがひっそり閉じられていた。

細かな襞ではなく、小さくぷっくりした四つの突起が椿の花びらのように並んで息づいていた。

鼻を埋めると、秘めやかな微香が悩ましく籠もり、彼は美人教師の恥ずかしい匂いを充分に貪ってから、舌先でくすぐるように舐め回し、唾液に濡らしてからヌルッと潜り込ませて粘膜を味わった。

「あう……！　嘘……」

百合子が信じられないといった感じで呻き、モグモグと肛門で舌先を締め付けてきた。

治郎が舌を出し入れさせるように蠢かせると、割れ目から溢れた愛液が肛門の方までトロトロと伝い流れてきた。

そのシズクを舐め取りながら、彼は再び割れ目に戻ってクリトリスに吸い付いていった。

さらに指を膣口に潜り込ませ、小刻みに内壁を摩擦したのだ。

すると百合子は、小さなオルガスムスの波が押し寄せてきたように、ガクガクと激しく腰を跳ね上げはじめた。

4

「も、もうダメ……、アアッ……！」

百合子が顔を仰け反らせて喘ぎ、艶めかしく腰をよじって硬直していたが、急にグッタリと力を抜いて放心状態になってしまった。

治郎は舌を引っ込めて指を引き抜くと、攪拌《かくはん》されて白っぽく濁った愛液がネットリと指にまつわりついていた。

指の腹は、湯上がりのようにふやけてシワになっていた。

治郎は添い寝し、彼女の手を取りペニスに導いた。

「今度は先生が、して下さい……」

囁きながら仰向けになると、百合子は荒い呼吸を繰り返しながら徐々に自分を取り戻し、ニギニギとペニスを愛撫してくれた。

そして自分から移動して、彼の股間に顔を寄せていった。

チロリと舌を伸ばして先端を舐め回し、滲む粘液をすすり、さらに張りつめた亀頭にしゃぶり付いた。

「ああ……、気持ちいい……」

治郎が喘ぐと、彼女はスッポリと喉の奥まで深々と呑み込み、上気した頬をすぼめてチュッと吸い付いてきた。

口の中ではクチュクチュと舌が蠢き、たちまちペニス全体は美人教師の生温かな唾液に浸った。

熱い鼻息が恥毛をそよがせ、幹が快感にヒクヒクと震えた。

「い、入れて下さい。どうか上から……」

治郎は言って、彼女の手を引いた。

百合子もスポンと口を引き離し、引っ張られるまま身を起こしてきた。

「上なんて、初めて……」

百合子は言い、恐る恐る治郎の股間に跨がり、自らの唾液に濡れた幹に指を添え、割れ目を押し当ててきた。

位置を定めると、彼女は覚悟を決めるように息を詰めて唇を引き締め、ゆっくりと腰を沈み込ませていった。

亀頭が潜り込むと、あとはヌルヌルッと滑らかに根元まで没し、完全に股間が密着した。

「アアッ……！」

百合子がビクッと顔を仰け反らせて喘ぎ、久々の男を味わうようにキュッキュッときつく締め付けてきた。

治郎も温もりと感触を嚙み締め、肉襞の摩擦と締め付けに高まっていった。

両手を伸ばして抱き寄せると、百合子も身を重ねてきた。

彼は抱き留め、僅かに両膝を立てて内腿の感触も味わいながら、小刻みにズンズンと股間を突き上げはじめた。

「ああ……、響くわ……」

百合子が、近々と顔を寄せて喘いだ。

形よい唇が開き、白く綺麗な歯並びが覗き、その間から洩れる息は熱く湿り気があり、花粉のように甘い刺激が含まれていた。

治郎は下から彼女の顔を引き寄せ、ピッタリと唇を重ねた。

柔らかな感触が伝わり、舌を挿し入れて歯並びを舐めると、百合子も舌を伸ばし、チロチロとからみつけてくれた。

「ンン……」

彼が挿し入れると、百合子は熱く鼻を鳴らしてチュッと吸い付いた。

治郎は美人教師の甘く上品な吐息と唾液を貪りながら、次第に股間の突き上げを激しくさせていった。

「ああッ……、いい気持ち……」

百合子が口を離し、淫らに唾液の糸を引きながら口走った。

新婚生活半月のうちに、すっかり挿入快感にも慣れ、絶頂を感じはじめた矢先に別れたのだろう。

治郎もしがみつきながら、次第に股間をぶつけるように激しく突き上げはじめた。愛液の量も多く、滑らかな律動とともにピチャクチャと淫らに湿った摩擦音が響いた。

滴る愛液が彼の陰嚢から肛門の方までネットリと生温かく濡らし、シーツにも沁み込んでいった。

「舐めて……」

治郎が高まりながら百合子の口に鼻を押し込んで言うと、彼女もヌラヌラと舌を這わせてくれた。

滑らかな感触と、口の中の甘い花粉臭が彼を夢中にさせ、さらに顔も擦りつけた。すると百合子も腰を遣いながら顔じゅうに舌を這わせ、清らかな唾液でヌルヌルにまみれさせてくれた。

「い、いく……！」

たちまち治郎は絶頂に達してしまい、大きな快感に包まれながら口走った。

同時に、ありったけの熱いザーメンがドクンドクンと勢いよく内部にほとばしり、深い部分を直撃した。

「き、気持ちいい……！」

熱い噴出を感じた途端、百合子も声を上ずらせて口走り、そのままガクンガクンと狂おしい絶頂の痙攣を開始した。しかし志保を起こさぬよう、激しい喘ぎ声は控えたままだった。

膣内の収縮も最高潮になり、治郎は駄目押しの快感の中、心置きなく最後の一滴まで出し尽くしていった。

すっかり満足して徐々に突き上げを弱めていくと、百合子も肌の強ばりを解いてゆき、グッタリと彼に体重を預けてもたれかかってきた。

まだ膣内は艶めかしい収縮を繰り返し、刺激されるたび射精直後で過敏になったペニスがヒクヒクと中で跳ね上がった。

「あう……、ダメ、もう感じすぎるわ……」

百合子が降参するように言い、キュッときつく締め上げてきた。

治郎は彼女の重みと温もりを受け止め、熱く甘い息を間近に嗅ぎながら、うっとりと快感の余韻を味わったのだった……。

——やがて二人は全裸のまま、足音を忍ばせて風呂場に行った。

風呂桶に溜まった残り湯で身体を流し、互いに股間を洗った。

「ね、こうして下さい……」

治郎は簀の子《すこ》に座り込んだまま言い、目の前に百合子を立たせた。さらに彼女の片方の脚を持ち上げ、風呂桶のふちに乗せさせた。

そして開いた股間に顔を埋め、ぬるま湯に濡れた恥毛に鼻を擦りつけた。

もう濃厚な体臭は洗い流されてしまったが、舌を這わせると新たなヌメリが湧き出してきた。

「どうか、オシッコして下さい……」

「まあ……！　どうして、そんな……」

百合子は、信じられないように眼を丸くした。

「綺麗な人が出すところを見てみたいのです」

「恥ずかしくて出来ないし、そんな近くでは、お顔にかかります……」

「構いません、どうか……」

治郎はムクムクと回復しながらせがみ、美人教師の割れ目を舐め回し、クリトリスに吸い付いた。

「アア……、そんなに吸ったら、出てしまいます……」

どうやら尿意を高めたように百合子が言い、柔肉が盛り上がり、味わいと温もりが変化してきた。

「出る……、ダメ、離れて……、ああッ……」

百合子は声を上ずらせて言い、ヒクヒクと下腹を震わせた。

もちろん治郎は離れず、腰を抱えて顔を密着させていた。

すると温かな流れがチョロチョロとほとばしり、ほのかな香りを含んで彼の口に注がれてきた。

彼は夢中で喉に流し込み、美女から出たものを取り入れる悦びに酔いしれた。味も匂いも淡く上品で、それは抵抗なく喉を通過していった。

しかし勢いが増すと、溢れた分が胸から腹に伝い、すっかり回復しているペニスを温かく浸した。

「アア……、こんなことするなんて……」

百合子は朦朧としながら言い、それでも彼の頭に両手をかけて身体を支え、ゆるゆると放尿を続けた。

強まった流れもピークを過ぎると急激に勢いが衰えて、やがて治まってしまった。治郎は残り香を味わいながら、ポタポタと滴る余りのシズクを舐め取ると、新たな愛液が溢れてきた。

「も、もう……」

百合子が言って脚を下ろし、立っていられなくなってそう言うなり、クタクタと力尽きて座り込んでしまった。

治郎は簀の子に仰向けになり、そのまま彼女に上から挿入させた。

「ああッ……、すごいわ……！」

ヌルヌルッと一気に真下から貫かれ、百合子は喘ぎながら身を重ねてきた。

治郎も下からズンズンと激しく股間を突き上げ、百合子の唇を求めた。

「唾を出して、いっぱい……」

囁きながら舌をからめると、彼女も腰を遣いながら、懸命にトロトロと唾液を注いでくれた。

治郎は生温かく小泡の多い粘液を味わい、甘い吐息を嗅ぎながら急激に高まっていった。

「く……！」

たちまち大きな絶頂の嵐に巻き込まれ、治郎は快感とともに呻き、熱いザーメンをドクドクとほとばしらせてしまった。

「ああ……、気持ちいいッ……！」

噴出を受けると、百合子も激しく身悶え、再び昇り詰めたようだった。

治郎は快感を嚙み締めながら、艶めかしく収縮すると美人教師の内部に、心置きなく最後の一滴まで出し尽くした。

彼女は何度もヒクヒクと身を震わせ、ザーメンを吸収していった。

やがて互いにグッタリとなると、治郎は百合子の甘い花粉臭の息を嗅ぎながらうっとりと快感の余韻を嚙み締めたのだった。

5

「どうにも身体がだるいので、今日は学校をお休みします……」

朝、百合子が言った。

すでに治郎と志保は、朝食を終えたところだ。

確かに、百合子は力が入らないようだ。しかし、それは初めて夫以外の男に抱かれ、何度も昇り詰めた余韻が残っているからかも知れない。

「そうですか。分かりました。ではお一人では心配なので、志保も看病のため残らせましょう」

「はい、そうします」

治郎が言うと、志保も素直に答えた。

まだ雨は止まず、これではどうせ畑仕事も出来ないし、百合子がいなければ授業にもならないのだ。

やがて治郎は仕度をし、学校へ行くことにした。

志保が、玄関まで見送りに来たので、治郎は唇を重ね、美少女の甘酸っぱい息を嗅ぎながら舌をからませた。

志保もぼうっとしながら、彼に身を預けていた。

やがて長いディープキスを終えると、治郎は唇を離した。これ以上すると、自分も興奮して学校へ行かれなくなってしまう。

「一つ、言っておくことがある」

「はい、何でしょう……」

治郎が言うと、志保も真剣に表情を引き締めて答えた。

「来年七月の初め、お前は子を産むだろう」

治郎の父、竜一郎の誕生日が七月一日なのだ。

「え……？　なぜ、それが……」

「いいかい？　よく聞いて。その月の十八日に、横須賀に空襲がある。その日は決して外へ出ないように。それを覚えて」

治郎は祖父、二郎に何度となく聞かされていた話を思い出しながら言った。

志保の命日は七月十八日である。

その日、横須賀鎮守府と海軍工廠がB‐29の空襲に遭い、停泊中の戦艦長門《ながと》も損害を受けたと聞いている。

二郎の話では、志保は買い物に出た折り、グラマンの無差別な機銃掃射に斃《たお》れたということなのだ。それを回避させることが二郎の願いであり、治郎がこの時代に戻ってきた最大の目的であった。

「はい……、でも、どうして……」

「夢のお告げがあったんだ。これからも、何度も言うから、その日付だけは胸に刻みつけてくれ」

「分かりました。来年の七月十八日、決して忘れません」

「うん、またくどいほど言うよ。では行ってくる」

「行ってらっしゃいませ」

志保が言い、治郎は雨の中家を出た。

そして高等女学校に行き、まず配属将校の安藤中佐を訪ねた。

「おお、今日も畑仕事はないな。雨の日は、生徒の大部分は工廠の方へ手伝いに行っているから、軍事教練も出来ん」

彼が言う。教師の大部分も出征しているということだ。

「それでも、何人かは来ているから、土浦時代の話でもしてやってくれ」

「分かりました。では」

治郎は挙手をし、校舎へと向かった。

すると梅子が彼を見つけ、駆け寄ってきた。

「お早うございます」

「やあ、お早う。今日は百合子先生と志保は来ないよ。先生の具合が少しよくないんだ」

「そうですか。心配です。今日は生徒も少ないですが、みな二郎さんに会いたがっているので来て下さい」

言われて、治郎も梅子に従い、奥へと行った。

校内はどこもがらんとして静かだった。戦時中の学校とは、こんなものなのだろうか。

梅子に案内されて入った部屋は、何と畳敷きだった。どうやら茶道に使う部屋らしい。中には二人の女学生が待っていた。

やはりこの時代の娘たちは、教室の椅子より畳に座った方が落ち着くのかも知れない。

「小野真知子《おのまちこ》です」

「麻生比呂子《あそうひろこ》です」

セーラー服にモンペ姿で、梅子と同じく可憐なお下げ髪だった。

真知子は長身で、比呂子はぽっちゃり型。三人とも可憐な女学生だが、その眼差しは好奇心に輝いていた。

そして室内には、三人分の思春期の体臭が生ぬるく籠もり、治郎は胸の奥まで甘ったるい刺激に満たされた。

出された座布団に腰を下ろすと、三人もきちんと並んで座った。みな、治郎が志保の許婚ということを知っているので、練習生だった頃の話などより、もっと知りたいことがあるような素振りだった。

「では、何を話そうか。男じゃないので、予科練の話など聞いても仕方がないだろう？」

「ええ、志保とのことを聞きたいです」

治郎が気さくそうに言うので、三人もやや緊張を弱め、梅子が代表するように言った。

「出会ったときから、互いに惹かれ合う感じだったのは、私もいたから知っていますが、もう二人は……？」

梅子が、笑窪の浮かぶ頬をほんのり染めながら聞いてきた。やはり現代の女の子と変わらぬほど、好奇心が旺盛なようだった。

「うん、もう結ばれてしまったよ」

「きゃっ……」

治郎が答えると、三人は息を呑み、身を寄せ合ってモジモジした。ウブな反応が実に愛らしいが、甘ったるい体臭が急に濃くなったように感じられ、治郎も股間が疼いてきてしまった。

「明日にも役所へ届け出をするからね、構わないだろう」

「ええ、もちろんです。で、その、志保は痛がっていましたか……」

梅子が言った。好奇心の大部分は、自分も間もなく体験することへの不安と期待のようだ。

あるいは三人とも、それなりに見合いの口が来ていたり、許婚のようなものがいるのかも知れない。

「うん、最初は痛いようだったが、充分に時間をかけたからね」

「まあ……！　時間をかけて何を……」

何を言っても、三人は大仰に身じろぎ、頰も耳も真っ赤にさせて身を乗り出してきた。

「それは、指や舌でクリトリスを刺激して」

「クリ……、それは何ですか……」

「ああ、何ていうのだろう。オサネっていうのかな」

「キャッ……！」

また三人は肩をすくめて小さな悲鳴を漏らした。

「ゆ、指や舌って……、女の股を、その、舐めるんですか……」

「それは当然だろう。そうしないと濡れてこないから、挿入も痛いからね」

「まあ……！」

三人は、想像していた以上に強烈な話に舞い上がっていた。本来なら、少女三人で、若い治郎をからかうつもりでいたのかもしれない。しかし治郎の方が、ずっと上手《うわて》であった。

「私たちの、旦那様になる方も、してくれるのでしょうか……」

「さあ、どうかな。僕は特に、女の身体を隅々まで味わいたい方だったから」

治郎が言うと、三人は身を寄せ合って、すっかり興奮に息を弾ませていた。

「あ、あの、お願いです……。私たちも、いつ空襲で死ぬかも知れないので、志保の許婚の方に申し訳ないのですが、心残りのないように男の身体を見せて頂きたいのですが……」
梅子が言い、他の二人も懇願するように彼を見つめた。
治郎は激しく勃起し、興奮に身も心もクラクラしてきてしまったのだった。

第三章　三人分の無垢な匂い

1

「この部屋の顧問は百合子先生ですので、今日は誰も来ません」

梅子が、念を押すように言い、やがて治郎も頷いた。

「うん、脱ぐのは構わないけれど、僕だけじゃ恥ずかしいので、みな同じように脱いで欲しい」

「まあ……」

言うと、三人はまた驚いて声を洩らしながら身を寄せ合ったが、やはり梅子が最初に応じてきた。

「分かりました。じゃ私たちも脱いで、いろいろ教えてもらいましょうね」

リーダー格らしい梅子が言うと、他の二人も頷いた。

いずれセックスを知ることになるのだが、やはり不安と羞恥が大きいから、仲間と一緒の方が気が楽なのだろう。

やがて治郎は軍服を脱ぎ去り、ズボンとシャツ、袴下と靴下も脱ぎ、越中褌も外していった。

彼女たちも、男の裸を見つめる度胸はまだないのか、それぞれ背を向けてセーラー服を脱ぎ、モンペとズロースを脱いでいった。

みな健康的で瑞々しい肌をし、服の内に籠もっていた熱気が、さらに甘ったるい汗の匂いを含んで漂った。

三人はしゃがみ込み、胸を隠しながら恐る恐る振り返った。

もちろん治郎自身はピンピンに張り詰め、天を衝《つ》いて屹立《きつりつ》していた。

三人も、当然ながら好奇心の中心はペニスである。いったん見てしまうと、もう視線が釘付けになったようだ。

彼女たちは顔を見合わせて頷き合うと、いつしかにじり寄って治郎の下半身を取り囲み、屈み込んできた。

治郎は、三人分の無垢な熱い視線をペニスに受け止め、それだけで果てそうになるほど高まってきてしまった。

「おかしな形だわ……」

「こんなに太くて長いのが、入るのかしら……」

「でも志保も、みんなすることだし……」

口々に囁きながら、次第に度胸をつけたように、遠慮なく見つめてきた。

「あの、触っても構いませんか……」

梅子が言う。

「ああ、好きなように触ってもいいし、しゃぶってもいいよ」

「まあ……、しゃぶるだなんて、志保もしたのですか……?」

「もちろん、僕も舐めてあげたのだから、当然のことだよ」

興奮を抑えて事も無げに言うと、三人はまた顔を見合わせ、まずは恐る恐る指を伸ばしてきた。

そして舐めれば、自分もしてもらえると無意識に思ったのかも知れない。

梅子が触れると、他の二人もそろそろと指を這わせてきた。

幹や張りつめた亀頭にも指が触れ、治郎は快感に胸を震わせた。

「生温かいわ……、ピクピク動いてる……」

三人はいじり回しながら言い、次第に大胆に触れてきた。

幹を包んでニギニギと動かし、袋をつまんで肛門の方まで覗き込んだ。

そして梅子が最も大胆に、ヒクヒク震えるペニスと、息を弾ませる治郎の顔を交互に見た。

「ね、感じると子種が勢いよく飛ぶと聞いたのですが……」

「うん、見るかい？　舐めたり吸ったりしていると出るよ」

梅子に訊かれ、治郎は三人の指に弄ばれながら答えた。実際、いじられているだけでも今にも果てそうになっているのだ。

すると梅子が、意を決したように二人の指を離させ、顔を寄せてきた。

赤いリボンのお下げ髪が、彼の内腿をくすぐり、先端にチロリと舌先が触れてきた。

「ああ……、気持ちいい……」

治郎がうっとりと喘ぐと、梅子も勇気が湧いたようにチロチロと舌を這わせ、張りつめた亀頭をパクッとくわえてくれた。

そして笑窪の浮かぶ頬をすぼめて吸い付き、熱い鼻息で恥毛をくすぐった。

口の中でもクチュクチュと舌がからみつき、たちまち亀頭は美少女の無垢で清らかな唾液にまみれた。

スポンと口を離すと、今度は真知子が思いきって屈み込み、スッポリと先端を含んできた。

舌を蠢かせて吸われると、微妙に異なる温もりと感触が彼を高まらせた。

続いて比呂子も屈み込んで、真知子と交代した。

みな温かな口の中で大胆に舌を這わせてくれ、たちまち亀頭は三人分の唾液にどっぷりと浸り込んだ。

さらに比呂子は口を離すと、陰嚢も舐め回し、二つの睾丸を転がしてくれた。

すると真知子も彼女に頰を寄せて同時に舌を這わせ、空いたペニスを再び梅子が吸った。

「い、いく……！　飲んで……」

治郎は我慢できずに昇り詰め、溶けてしまいそうな快感に身を震わせながら口走った。

同時に、梅子の喉の奥を大量のザーメンがドクンドクンと直撃した。

「ウ……！」

驚いた梅子が呻き、慌てて口を離した。すると余りのザーメンがほとばしり、それを積極的に真知子が含んで吸い取ってくれた。

もちろん梅子は、第一撃の濃いところをゴクリと飲み込んでくれ、真知子も亀頭を含んだまま喉に流し込んだ。そして真知子が口を離すと、比呂子もしゃぶり付いて最後まで吸い出してくれた。

「ああ……」

治郎は喘ぎ、魂まで吸い取られる思いで腰をよじり、なおも吸われながら比呂子の口の中でヒクヒクと幹を震わせた。

ようやく、比呂子もチュパッと口を離し、なおも尿道口から滲む白濁のシズクを丁寧に舐め取ってくれた。

「も、もういい……」

治郎が過敏に反応し、身悶えて言うと、ようやくみな顔を上げた。

「生臭いわ。でも味はあんまりないのね……」

「これが海軍さんの子種なのね……」

みな口々に言いながら感想を述べた。

治郎は仰向けのまま息を弾ませ、余韻に浸りながらも興奮と勃起は一向に治まらなかった。何しろ、とびきり可憐な女学生が三人も、全裸で彼を取り囲んでいるのだ。

「ね、今度は僕が舐めたい。一人ずつ顔に跨がって」

治郎が言うと、また三人は激しく身じろいだ。

「そ、そんな、大切な軍人さんを跨ぐなんて……」

「どうしても、してほしいんだ。志保には頼めないし、どうか誰にも秘密で」

言うと、三人は一瞬顔を見合わせて頷いた。もとより秘密だし、もう、ここまできたら、とことんしようと思ったのだろう。

「確かに、志保は大人しいから頼んでも無理でしょうね。でも、罰が当たらないかしら……」

梅子は言いながら、すっかり一番乗りする気で身を乗り出してきた。

「美しい君たちに汚いところなんかないからね。そうだ、顔にしゃがむ前に、足の裏を顔に乗せてみて」

「ええッ……？」

また三人は驚いたが、それでも梅子が積極的に立ち上がると、二人もそれに倣《なら》った。そして彼の顔の周りに立つと、三人分の熱気がほのかな匂いを含んで治郎の顔を包み込んできた。

「本当にいいんですか……」

梅子が言い、治郎が頷くと、彼女はそろそろと片方の足を浮かせてきた。

「恐いわ。三人一緒に……」

梅子が言うと、真知子と比呂子も、円陣を組むように互いの身体を支え合いながら、片方の足を浮かせ、そっと治郎の顔に乗せてきた。

「ああ……」

治郎は快感と興奮に喘いだ。額や両頬に、それぞれの美少女たちの生温かな素足が触れてきたのだ。

もちろんギュッと体重をかけるものはおらず、微妙な重みが心地よかった。

「こんなところ、憲兵に見られたら三人とも監獄ね……」

梅子が言い、他の二人も小さく頷いた。

治郎はそれぞれの汗ばんだ足裏に舌を這わせ、縮こまった指の股に鼻を割り込ませて嗅いだ。みな指の間は汗と脂に生温かく湿り、ムレムレの匂いが濃厚に沁み付いていた。

そして彼は、順々に爪先にしゃぶり付いて指の股を舐めた。

「あん……！」

彼女たちが声を震わせて喘ぎ、それでも足をどけなかった。

やがて治郎は三人分の足裏と指の間をしゃぶり、足を交代させた。そして新鮮な味と匂いを心ゆくまで堪能し、ようやく舌を引っ込めたのだった。

「じゃ、跨いで」

言うと三人は足を下ろし、まずは梅子がそろそろと治郎の顔に跨がり、ゆっくりと和式トイレスタイルでしゃがみ込んできたのだった。

2

「ああ……、こんなこと、信じられない……」

梅子は完全にしゃがみ込み、声を震わせて言った。

治郎も、白く健康的な内腿がムッチリと張り詰め、鼻先に迫る無垢な割れ目に真下から目を凝らした。

可愛い薄桃色の花びらが割れ目からはみ出し、僅かに開いてヌメヌメする柔肉が覗いていた。

クリトリスもツンと突き立ち、処女の膣口も襞を入り組ませて息づき、そして大量の愛液が溢れていたのだった。

治郎は顔じゅうに湿り気ある熱気を感じながら、梅子の股間を抱き寄せ、楚々とした柔らかな茂みに鼻を擦りつけて嗅いだ。

隅々には甘ったるい汗の匂いと刺激的な残尿臭が入り交じり、濃厚に沁み付いていた。

治郎はうっとりと酔いしれながら何度も深呼吸し、美少女の生々しい体臭で胸を満たした。そして割れ目を舐め回すと、トロリとした淡い酸味の蜜が生ぬるく舌を迎えた。

息づく膣口からクリトリスまで舐め上げていくと、

「アアッ……！」

梅子が激しく喘ぎ、思わずギュッと彼の顔に座り込んできた。

治郎は心地よい窒息感の中でチロチロとクリトリスを舐め、溢れる愛液をすすった。

さらに白く丸いお尻の真下に潜り込み、顔中に双丘を受け止めながら可憐な薄桃色のツボミに鼻を押しつけ、秘めやかに籠もる微香を貪るように嗅いだ。

そして舌を這わせ、細かに震える襞を充分に唾液に濡らしてから、ヌルッと潜り込ませて滑らかな粘膜を味わった。

「あう……、ダメ、そんなこと……」

梅子が息を詰めて呻き、キュッと肛門で彼の舌先を締め付けてきた。

治郎は出し入れするように舌を動かし、やがて再び割れ目に戻り、蜜をすすってクリトリスにも吸い付いた。

「ああ……、き、気持ちいい……」

梅子がうっとりと喘いでヒクヒクと下腹を波打たせると、

「ね、梅子、交代よ……」

待っていた真知子が言い、彼女をどかせた。

すでに梅子が見本を示したので、真知子はためらわず治郎の顔にしゃがみ込んできた。

「アア……、変な気持ち……」

真知子がスラリとした長い脚をM字に曲げ、やはり愛液が溢れている割れ目を彼の鼻先に迫らせてきた。

恥毛は案外濃く密集しているが、やはり割れ目と柔肉は初々しい薄桃色をしていた。治郎は腰を抱き寄せて恥毛に鼻を埋め込むと、やはり濃厚な汗とオシッコの匂いが鼻腔を刺激してきた。

「あん……、嫌な匂いしませんか……」

上から、真知子が恐る恐る訊いてきた。

「とってもいい匂い……」

「ああッ……、そんなはずないです。恥ずかしい……」

真下から治郎が答えると、真知子は声を震わせ、さらにトロリと多くの愛液を漏らしてきた。

舌を這わせ、淡い酸味のヌメリをすすりながら無垢な膣口と真珠色のクリトリスを舐め回すと、

「アア……、いい気持ち……、でも、申し訳ないです……」

真知子が喘ぎながら柔肉を蠢かせた。

治郎は、やはり尻の真下に潜り込み、谷間のツボミに鼻を埋め、汗の匂いに混じった生々しい媚香を貪った。

舐め回して襞を濡らし、同じようにヌルッと潜り込ませると、

「あう……！」

真知子が呻き、モグモグと肛門を締め付けてきた。治郎が舌を蠢かすと、割れ目から滴る蜜が鼻先を生温かく濡らした。

また再び割れ目に戻り、ヌルヌルする愛液をすすってクリトリスを舐めた。

「ああ……、気持ちいいわ……！」

真知子は喘いだが、さらに比呂子にどかされてしまった。

ぽっちゃりした比呂子がしゃがみ込んでくると、治郎も愛らしい割れ目に目を凝らした。

三人もの微妙に異なる生娘の股間を続けて見られ、しかも味わえるなど、何という幸運であろうか。

比呂子も他の二人以上に、ヌラヌラと大量の愛液を漏らしていた。

柔らかな茂みに鼻を埋めると、甘ったるい汗の匂いと残尿臭が濃く籠もり、舌を這わせると淡い酸味の蜜が彼の口に滴ってきた。

「あん……、そこ、いい……」

クリトリスを舌先で弾くように舐めると比呂子が言い、ギュッと股間を密着させてきた。圧倒されるような量感が心地よく、ムッチリと張り詰めて静脈の透ける内腿も実に艶めかしかった。

すると何と、待っている梅子と真知子が、治郎の両の爪先にしゃぶり付いてきたのだ。

「ああ……」

治郎は申し訳ないような快感に喘ぎ、それぞれの口の中で清らかな唾液にまみれた指で柔らかな舌を挟んだ。

そして充分に比呂子のクリトリスを舐め回し、美少女の蜜と濃厚な体臭を味わってから、尻の真下に潜り込んでいった。

谷間の奥に閉じられたツボミは、愛らしくも艶めかしいおちょぼ口のようだ。鼻を埋め込むと、秘めやかな微香が馥郁と籠もり、顔に密着する双丘もボリュームがあって心地よかった。

チロチロとツボミを舐め、ヌルッと潜り込ませると、

「あう……、いい気持ち……」

比呂子がキュッと肛門で舌先を締め付けて呻いた。

治郎も三人目の粘膜を舐め回してから、再び割れ目に戻り、それぞれ微妙に異なる味と匂いを堪能した。

すると、爪先をしゃぶり尽くした梅子が彼の股間に跨がり、すっかり回復して勃起しているペニスの先端に、濡れた割れ目を押し当ててきたのだ。

「いいですか？　入れます……」

治郎の顔の上から比呂子が身を離すと、梅子が言い、息を詰めてゆっくり腰を

沈み込ませてきた。

張りつめた亀頭が潜り込むと、あとは梅子自身の重みとヌメリで、たちまちヌルヌルッと根元まで入ってしまった。

「アアッ……！」

梅子がビクッと顔を仰け反らせて眉をひそめ、完全に座り込みながら喘いだ。

「痛い？　梅子……」

真知子と比呂子が、左右から心配そうに訊く。

「ううん……、奥が、熱いわ……」

梅子が小さく答え、息づくような収縮を繰り返した。治郎も、処女の温もりと感触を味わい、内部でヒクヒクと幹を震わせた。

しかし身を重ねてくることはなく、挿入したことで気がすんだように梅子はそろそろと腰を引き上げ、横になっていった。

「大丈夫？　少しだけ切れているわ……」

比呂子が、梅子の股間を覗き込んで言った。すると真知子が身を起こし、梅子の破瓜の血と愛液にまみれたペニスに跨がってきた。

小柄な梅子よりずっと大きな真知子は、それほど物怖じすることなく座り込み、ヌルヌルッと滑らかに根元まで受け入れていった。

「ああ……、本当……、奥まで感じるわ……」

真知子が身を反らせ、目を閉じて感想を洩らした。

治郎は、梅子と微妙に違う温もりと締め付けに包まれながら、二人目の生娘を堪能した。

真知子も彼の胸に両手を突っ張り、何度か股間を擦りつけるように動かしては初体験を味わっていた。

しかし、これも挿入体験だけで、やがてそろそろと股間を引き離していった。

比呂子が覗き込むと、真知子は出血しなかったようだ。

そして、二人の初物を奪ったペニスに、三人目の処女が跨がってきた。

比呂子が幹に指を添え、注意深く先端を膣口に押し当て、ゆっくり腰を沈めてきた。

「アア……」

喘ぎながら根元まで納めると、比呂子はペタリと座り込んだ。

治郎も肉襞の摩擦と、股間に感じる重みと温もりを噛み締めた。

「そんなに、痛くないわ……、いい気持ち……」

比呂子は感触を味わいながら言い、キュッキュッと締め付けながら、ゆっくりと身を重ねてきた。

治郎も下から抱き留め、僅かに両膝を立てた。立て続けの挿入で、すっかり高まっていたのだった。

そして彼は、顔を上げて比呂子の桜色の乳首にチュッと吸い付いていった。

3

「私にも……」

見ていた梅子と真知子も、左右から添い寝して言い、治郎の顔に柔らかなオッパイを押しつけてきた。

治郎はまず比呂子の豊かな膨らみに顔を埋め込み、コリコリと硬くなった乳首を舐め回した。ミルクのように甘ったるい汗の匂いが、濃厚に彼の鼻腔を刺激してきた。

「ああ……、くすぐったくて、いい気持ち……」

比呂子が喘ぎ、さらにペニスをきつく締め上げてきた。

左右の乳首を順々に含んで吸うと、今度は顔に押しつけてきた梅子の可愛い乳首にもしゃぶり付いた。

舌で転がし、もう片方の乳首も味わうと、今度は反対側にいる真知子の乳首を愛撫した。

三人とも柔らかく神聖な膨らみをし、乳首も勃起してよく反応した。

それぞれに味わい深い全員の乳首を味わってから、さらに治郎は順々に腋の下にも顔を埋め込み、和毛に籠もる濃厚な汗の匂いを嗅いでいった。

「いい匂い……」

「あ、汗臭いでしょう……、恥ずかしいわ……」

思わず治郎が言うと、彼女たちも羞恥に身をくねらせ、さらに濃い匂いを揺らめかせるのだった。

もう堪らず、治郎はズンズンと股間を突き上げはじめてしまった。

「あう……」

「痛いかい？」

「大丈夫。気持ちいいわ。もっと強く……」

気遣《きづか》って囁くと、比呂子が健気に答え、自分も突き上げに合わせて腰を遣いはじめてくれたのだ。

稀に、初回から痛がらず感じるタイプがあると聞いていたが、ぽっちゃり型の彼女は弾力や伸縮性に富んでいるのだろう。

愛液の量も多いので、たちまち動きが滑らかになってゆき、クチュクチュと湿った摩擦音も聞こえてきた。

治郎は快感に高まりながら、下から比呂子の唇を奪った。

「ンン……」

比呂子も、甘酸っぱい息を熱く弾ませて鼻を鳴らし、上からピッタリと押しつけてきた。舌を挿し入れると、彼女もネットリとからみつけ、生温かな唾液に濡れた舌が滑らかに蠢いた。

すると、また左右から二人が顔を押しつけ、舌を割り込ませてきたのだ。

何という快感だろう。

治郎が舌を突き出すと、それを正面と左右の娘たちがチロチロと舐め回してくれるのだ。

どの舌も滑らかで、清らかな唾液にまみれていた。

三人の口から吐き出される息も、基本は甘酸っぱい果実臭だが、朝食の献立によるものか、それぞれ微妙に異なり、どれも悩ましい刺激が含まれて治郎はうっとりと酔いしれた。

「唾を飲みたい。いっぱい垂らして……」

治郎が囁くと、真上にいる比呂子が愛らしい唇をすぼめ、白っぽく小泡の多い唾液をトロトロと吐き出してくれた。

それを舌に受け止めると、梅子と真知子も身を乗り出し、彼の口の中にグジューッと大量の唾液を垂らしてきた。

治郎は、三人分のミックス唾液を味わい、飲み込んでうっとりと喉を潤した。

「顔じゅうにも思い切り吐きかけて……」

「そんな、大切な海軍さんに……」

「綺麗な唾で清められたい……」

言うと、物怖じしない真知子が顔を寄せた。

「いいのかしら……、こう……！」

言うなり息を吸い込み、思い切りペッと吐きかけてくれた。甘酸っぱい一陣の風が顔を撫で、生温かな唾液の固まりが鼻筋を濡らした。

「ああ……、もっと……」

治郎が息を弾ませて言うと、他の二人も遠慮なく吐きかけてくれた。

果実臭の息が鼻腔を湿らせ、清らかな唾液がヌラヌラと顔中を濡らして、頬の丸みを伝い流れた。

「志保に申し訳ないわね」

「でも、この四人だけの秘密だから……」

美少女たちは口々に囁き合い、やがて治郎の顔を濡らした唾液をペロペロと舐め取ってくれた。

いや、舌で顔じゅうに塗り付ける感じで、治郎は甘酸っぱい匂いに酔いしれながら、股間の突き上げを速めていった。

「い、いく……、アアッ……！」

たちまち彼は昇り詰めて口走り、ありったけの熱いザーメンをドクンドクンと柔肉の奥にほとばしらせてしまった。

「あん……、熱いわ……、いい気持ち……」

噴出を感じた比呂子が言い、まだオルガスムスに達する様子はないが、心地よさそうに声を洩らした。

治郎は小刻みに股間を突き上げながら快感を噛み締め、最後の一滴まで心置きなく出し尽くした。

すっかり満足しながら徐々に動きを弱めてゆき、やがて力を抜くと、三人分の甘酸っぱい息を嗅ぎながら余韻を味わった。

身を預けていた比呂子も呼吸を整えると、そろそろと股間を引き離して横になった。

梅子が覗き込んだが、少量の出血があったようだ。

そして三人はチリ紙で割れ目を拭い、顔を寄せ合ってペニスを舐め回し、すっかり綺麗にしてくれたのだった……。

4

「明日にも市役所に届けを出してきますので」

夕食の折、治郎が百合子に言うと、志保も嬉しげに二人の顔を見た。

百合子も、ほとんど仮病だったので、すっかり元気になっていた。

「それはよかったわ。早い方がいいけれど、親御さんの方は?」

「出航前に休暇があるので、品川へ行って報告してきます。式などは私が帰国してからにします」

「そう、それがいいわね。出航前は慌ただしいから」

百合子は、微かに眉を曇らせながらも、笑顔で言った。自分の夫も音信不通になっているので、南方行きを案じているのだろう。

しかし治郎は、自分が生きて帰ることを知っているし、来年の八月に終戦を迎えることも分かっているのだ。

やがて食事を終えると、治郎は風呂に入った。明夕には帰隊するので、百合子が風呂を沸かしてくれたのである。

身体を洗い流し、ゆっくり浸かってから風呂を上がると、志保が甲斐甲斐しく寝巻を出してくれた。

「あの、お願いがあります……」

志保が、帯を結んでくれながら、少々ためらいがちに囁いた。

「なに？」

「今日、先生と話し合ったのですけれど、先生にも二郎さんの子種を差し上げて頂けないでしょうか……」

「え……？」

治郎は驚いたが、少し考えて納得した。

どうやら百合子は、今夜もう一度治郎と交わりたいのだろう。しかし志保にも大切な夜だからと、思い切って彼女に打ち明けたらしい。

師弟とはいえ、元々姉妹のように仲のよい二人だから、そうした会話も出来たようだ。

もちろん百合子は、すでに治郎と関係したことは志保に言っていないだろう。

「百合子先生にもいろいろ事情はあるだろうし、志保さえよければ、僕は構わないよ」

「本当ですか」

「志保は、嫌じゃないいんだね？」

「はい……、私の子と先生の子が、兄弟になるかも知れないなんて、嬉しく思います……」

「そう、ならば構わない。何なら三人で一緒にしようか」

治郎は、昼間の美少女たちとの四人プレイの強烈さを思い出し、股間を熱くさせながら言った。

「はい、先生に相談して、急いで一緒にお風呂をすませますね」

「あ、出来れば風呂はあとにしてほしいんだ。せっかくの女の匂いが消えてしまうから」

「でも……」

「南方へ行けば男ばかりだからね、そのときに思い出したいんだ」

言うと、志保も納得してくれ、すぐ百合子のところへ行って報告した。

先に治郎は寝室に入り、着たばかりの寝巻を脱ぎ、全裸になって敷かれている布団に横になった。

二人一度に出来るなら、喘ぎ声を気にすることもないだろう。

志保も、世話になっている百合子への同情ばかりでなく、本当に互いの子のことで、百合子との絆が深まるのを楽しみにしているらしく、嫉妬などは湧かないようだった。

またこの時代、子作りしなければ路頭に迷ってしまうという、百合子の寂しくも辛い事情を察しているのだろう。

間もなく、寝巻姿の百合子と志保が入ってきた。

「本当に、構わないのでしょうか……」

百合子がモジモジと言い、治郎も半身を起こした。

「風呂を後回しにしたことですか。それとも三人ですることが？」

「両方です……」

百合子は言い、昨夜のような忍び会いではなく、許婚公認の場で緊張しているようだった。

むしろ、明日は届け出をして正式な妻になる志保の方が落ち着いていた。

「構いませんよ。さあ脱いで」

「はい。志保さんも、本当によいのですね……？」

「ええ、今日はまだ夫婦ではありませんので。むしろ先生にいろいろ教えて頂きたいです」

志保が言うと、百合子も頷き、そろそろと帯を解きはじめた。それを見て志保も脱いでいった。

たちまち二人とも白い肌を露わにし、一糸まとわぬ姿になった。

そして二人は、仰向けになって勃起した彼の左右に腰を下ろしてきた。

「男の方はどうしたら悦ぶのでしょう。先生」

志保が、百合子に訊いた。

「私も、それほど旦那様に多くして差し上げたわけではないけれど、この辺りが感じるようです」

百合子も物静かに言いながら、指先でそっとペニスの裏筋を撫でた。

彼の意向など無視するように、女同士でヒソヒソ話し合う様子が実に淫靡《いんび》で、治郎も期待に胸を高鳴らせながら身を投げ出していた。

昼間の、明るく積極的だった三人とは、また違う雰囲気である。

「こう……?」

志保も指を這わせ、しばし二人でペニスを撫で回した。

「指だけでなく、ベロでも」

百合子が言い、屈み込んできた。

「先に、私がしゃぶっても構わない?」

「ええ、もちろんです。お手本を見せて下さい」

二人は囁き合い、やがて百合子がチロリと舌を伸ばし、根元から先端まで舐め上げてきた。

「ああ……、気持ちいい……」

治郎は快感に喘ぎ、美人教師の鼻先でヒクヒクと幹を上下させた。

百合子は幹を指で押さえ、舌先でチロチロと尿道口の下の、最も感じる部分を舐め回してくれた。

さらに張りつめた亀頭を含み、吸い付きながらスポンと引き離した。

すると志保が顔を寄せ、同じように裏筋に舌を這わせ、亀頭にしゃぶり付いてきた。

百合子の唾液が付着していても、一向に構わないようだ。元々レズと言うよりシスター感覚の憧れを持っていたのだろう。

それぞれの口に含まれ、治郎は激しく高まっていった。舌の蠢きや吸引、温りも微妙に異なり、どちらも最高の快感だった。

やがて二人は一緒になって舌を這わせ、混じり合った熱い息を彼の股間に籠もらせた。

さらに頬を寄せ合い、大股開きになった彼の股間に顔を押しつけ、陰嚢も舐め回してくれた。睾丸を舌で転がし、優しく吸い付き、そして百合子が彼の脚を浮かせ、尻の谷間にも舌を這わせた。

志保も厭わず一緒に舐め、治郎はチロチロと肛門を舐められ、申し訳ないような快感に身悶えた。

二人の舌先が、交互にヌルッと潜り込むと、ゾクゾクと震えが走り、ペニスはまるで内側から操られるようにヒクヒクと上下した。

二人は交互に治郎の肛門に舌を挿し入れ、そのたび彼はモグモグと舌先を締め付けて味わった。

やがて脚が下ろされ、二人は再び同時にペニスにしゃぶり付いた。

「い、いきそう……」

治郎は降参するように言い、クネクネと腰をよじった。口に出して飲んでもらうのも快感だが、百合子は子種を欲しがっているし、志保もまだ完全に孕んだという保証はない。

すると二人も口を引き離し、顔を上げた。

「どうぞ、先生から」

「ううん、申し訳ないわ。志保さんが先に」

二人は譲り合った。

「いえ、私はもう孕んでいる気がしますから、最初の濃い方を先生に」

志保が言う。考えてみればすごい会話である。

やがて言葉に甘え、百合子が仰向けになった。

さすがに志保の前だから、女上位は気が引けるのだろう。

治郎も身を起こし、志保も並べて寝かせた。やはりここは公平にしておいた方がよいだろう。

彼は屈み込み、それぞれの足裏に舌を這わせ、指の股に鼻を割り込ませて嗅いだ。今日は二人とも外出していないが、それなりに指の間は汗と脂に湿り、蒸れた芳香が沁み付いていた。

治郎は美女と美少女の足の匂いを貪り、二人の爪先にしゃぶり付いて、全ての指の股を舐め回した。

「アア……、いけません……」

百合子が声を震わせて喘ぎ、志保もクネクネと身悶えながら彼女にしがみついていた。

治郎は存分に味わってから、まずは百合子の脚の内側を舐め上げ、ムッチリした内腿に舌を這わせながら、すでに大量の愛液にまみれて息づく割れ目に迫っていった。

柔らかな茂みに鼻を擦りつけ、汗とオシッコの匂いを存分に嗅ぎながら舌を這わせていった。

「恥ずかしい……、本当に洗っていなくてよいのですか……、あう！」

クリトリスを舐められ、百合子がビクッと身を反らせて呻いた。

志保が見ているので声は控えめだが、抑えているぶん興奮が高まったか、愛液は大洪水になっていた。

治郎はヌメリをすすりながら、美人教師の味と匂いを心ゆくまで堪能した。

さらに脚を浮かせ、自分がされたように美しいお尻の谷間に鼻を埋め込み、汗の匂いに混じった微香を貪り、舌を這わせた。

「く……！」

ヌルッと潜り込ませて粘膜を舐めると、百合子が息を詰め、キュッと肛門で彼の舌先をきつく締め付けてきた。

治郎は舌を蠢かせ、美人教師の前も後ろも存分に味わってから、やがて隣に寝ている志保の股間に移動していった。

美少女の両膝の間に顔を割り込ませ、神聖な内腿を舐め上げると、志保の股間も充分すぎるほど熱気と湿り気が充ち満ちていた。

若草に鼻を埋めると、やはり甘ったるい汗の匂いと悩ましい残尿臭が入り交じって籠もり、治郎の鼻腔をうっとりと刺激してきた。

舌を這わせると、トロリとした淡い酸味が動きを滑らかにさせ、彼は息づく膣口の襞からクリトリスまで舐め上げていった。

「ああッ……！」

志保も熱く喘ぎ、ヒクヒクと下腹を波打たせた。

治郎も念入りに舐めて美少女の味と匂いを堪能し、もちろん腰を浮かせ、お尻の谷間にも鼻を埋め込んでいった。

ひんやりした双丘が顔じゅうに密着し、ツボミに籠もった匂いが艶めかしく鼻腔を刺激してきた。

彼は可愛い匂いを貪ってから舌を這わせ、細かな襞を濡らしてヌルッと舌を潜り込ませた。

「あう……！」

志保が呻き、肛門を締め付けてきた。

やがて治郎は二人の前と後ろを味わうと、また百合子の股間に戻った。

もう一度割れ目に顔を埋め、新たに溢れた愛液を舐め取ると、すぐにも彼は身を起こし、股間を進めていった。

先端を割れ目に擦りつけてヌメリを与え、位置を定めて挿入した。

「アアッ……！」

ヌルヌルッと一気に根元まで押し込むと、百合子がビクッと身を強ばらせて喘いだ。

隣では、志保が息を呑んで見守っている。

治郎は股間を密着させ、温もりと感触を味わいながら身を重ねていった。

5

「ああッ……、し、志保さん、ごめんなさい……！」

百合子は熱く喘ぎながら、下から両手を回して治郎にしがみついてきた。

治郎も屈み込んで、美人教師の色づいた乳首を含んで舌で転がし、左右を味わいながら徐々に腰を動かしはじめた。

さらに彼女の腋の下にも顔を埋め、色っぽい腋毛に鼻を擦りつけ、甘ったるく籠もった汗の匂いで鼻腔を満たした。

「アア……、い、いきそう……」

百合子が声を上ずらせ、ズンズンと股間を突き上げてきた。

治郎も本格的に律動し、股間をぶつけるように激しく抽送した。

クチュクチュと淫らに湿った摩擦音が響き、彼の下で美女の肢体が艶めかしく悶えた。

胸の下では押し潰れたオッパイが心地よく弾み、恥毛がシャリシャリと擦れ合い、コリコリする恥骨の膨らみも伝わってきた。

治郎は彼女の首筋を舐め上げ、喘ぐ口に鼻を押しつけた。

熱く甘い花粉臭の息が、乾いた唾液の匂いに混じり、悩ましく鼻腔を掻き回してきた。

治郎は激しく高まり、志保に見守られながら昇り詰めてしまった。

「く……!」

突き上がる大きな快感に呻き、ありったけのザーメンを勢いよく膣内に注入すると、

「あ、熱いわ……、いく……、ああーッ……!」

噴出を受け止めた百合子も喘ぎ、オルガスムスのスイッチが入ってしまったようだった。そのままガクンガクンと腰を跳ね上げ、彼を乗せたままブリッジするほど反り返って悶えた。

膣内の収縮も最高潮になり、治郎は心置きなく美人教師の内部に、最後の一滴まで出し尽くしたのだった。

「ああ……、よかった……」

百合子も満足げに声を洩らし、徐々に肌の硬直を解いてグッタリと力を抜いて

いった。

治郎も動きを止め、体重を預けた。そして美人教師の甘い息を嗅ぎながら余韻を味わい、やがて股間を引き離していった。

「あ、有難うございました……。奥まで届いた気が致します……」

百合子が荒い呼吸を繰り返しながら言った。

「さあ、どうか今度は志保さんに……。でも、すぐには無理かも知れませんので何でもお手伝い致します……」

「では、いったんバスルーム、いや、風呂場へ行きましょう」

百合子の言葉に甘え、治郎は言って立ち上がった。

早く身体を洗い流したかった百合子も、フラつきながら立ち、志保に支えられて三人で湯殿に行った。

そして二人は股間を洗い流し、志保も、百合子と交互に湯船に浸かった。

やがて二人が湯から上がると、治郎は簀の子に腰を下ろし、二人を左右に立たせて肩を跨がせた。

「ど、どうするのです……」

「オシッコをかけてください。それで回復しますので」

尻込みする百合子に答えると、志保も驚いてビクリと身じろいだ。

「そ、そんな……」

「さあ、どうか」

急かすように言い、治郎は二人の片方の脚を抱えた。

左右どちらを見ても割れ目がある。湯に濡れた茂みに鼻を当てて嗅ぐと、もう大部分の匂いは薄れていた。

「ほ、本当によいのですね……」

すでに体験している百合子が言うと、志保も百合子がする気になったことを察し、慌てて尿意を高めたようだ。

二人の割れ目を交互に見つめると、柔肉が迫り出すように盛り上がり、実に艶めかしかった。舐めると、淡い酸味を含んだ愛液の味わいと温もりが、急に変化してきた。

「あう……、出る……、志保さん、ごめんなさい……」

先に百合子が声を震わせて言い、ポタポタと温かなシズクを滴らせ、たちまちチョロチョロとした一条の流れとなっていった。

舌に受けると、淡く上品な味と匂いが口に広がった。

「あん……、出ます……」

続いて、志保もやっとの思いで放尿を開始した。

顔を向けると、愛らしい流れが彼の頬にかかった。口に受けると、百合子よりもさらに淡い味と匂いが感じられ、抵抗なく喉を通過していった。

その間も百合子の流れが肩から胸、腹から股間に伝い、すっかりピンピンに回復したペニスを温かく浸してきた。

治郎は二人のオシッコを交互に飲み、混じり合った香りに酔いしれた。

やがて二人とも、ほぼ同時に流れを治め、ガクガクと膝を震わせた。

交互に口を付けて余りのシズクをすすったが、すぐに二人とも新たな愛液を湧き出させ、割れ目内部にヌメリを満たしていった。

すっかり気がすんだ治郎は、もう一度三人で全身を洗い流し、身体を拭いて全裸のまま部屋に戻っていったのだった。

今度は女上位で交わりたいので、治郎は仰向けになった。

「ここを舐めてください……」

治郎は二人に言い、左右の乳首を舐め回してもらった。百合子も手伝うつもりで、熱い息を弾ませて念入りに舌を這わせてくれた。

「嚙んで……」

身悶えながら言うと、二人とも遠慮がちに綺麗な歯で乳首を挟んでくれた。

「もっと強く……、ああ、気持ちいい……」

治郎は、二人に食べられているような興奮に喘ぎ、屹立したペニスをヒクヒクと歓喜に震わせた。

やがて気がすむと彼は、もう一度美女と美少女にペニスを舐めてもらった。

すっかり唾液にまみれて高まると、彼は志保の手を引いて跨がらせた。

志保も素直に先端を膣口に受け入れ、息を詰めてゆっくりと腰を沈み込ませてきた。

張りつめた亀頭が潜り込み、そのままヌルヌルッと根元まで受け入れると、

「アアッ……！」

志保が顔を仰け反らせて喘ぎ、完全に股間を密着させて座り込んだ。

治郎も肉襞の摩擦と温もり、きつい締め付けを味わいながら股間に彼女の重みを受け止めた。

そして彼は志保を抱き寄せ、隣にいる百合子も引き寄せた。

同時に唇を求めると、二人も頬を寄せ合い、厭わず一緒に舌を伸ばしてヌラヌ

ラと蠢かせてくれた。

治郎はそれぞれ滑らかにからみつく舌を舐め回し、混じり合った生温かな唾液でうっとりと喉を潤した。

百合子の甘い花粉臭の息と、志保の甘酸っぱい果実臭の息が左右の鼻腔から侵入し、内部で悩ましくミックスされた。

「顔も舐めてヌルヌルにして……」

徐々に股間を突き上げながら言うと、二人も舌を這わせ、彼の両の鼻の穴から頬、鼻筋から瞼まで舐め回してくれた。

さらに左右の耳の穴まで舐められると、クチュクチュと舌の蠢く音だけが聞こえ、何やら頭の中まで舐め回されている気分になった。

「アアッ……！」

突き上げを激しくさせると、志保が熱く喘いだ。それでも、彼女も合わせて腰を遣いはじめてくれた。

やがて治郎は、顔を二人の唾液でヌラヌラとまみれさせ、かぐわしい息の匂いに包まれながら絶頂に達してしまった。

「い、いく……！」

突き上がる快感に口走ると、同時に熱い大量のザーメンがドクンドクンと勢いよく柔肉の奥にほとばしった。

「あ、熱い……、感じる……、ああーッ……！」

すると、噴出を感じた志保も声を上ずらせ、ガクンガクンと狂おしく身悶えはじめたのだった。

どうやらオルガスムスに達したようだ。

百合子の絶頂を目の当たりにしたばかりなので、まるで三人の高まりが一致したかのようだった。

治郎は感激と快感の中、最後の一滴まで心置きなく出し尽くし、徐々に突き上げを弱めていった。

「ああ……」

志保も満足げに声を洩らし、次第に硬直を解いてもたれかかってきた。

治郎は美少女の重みと温もりを受け止め、隣から密着する美人教師の感触も味わった。そして、まだ収縮する膣内でヒクヒクと幹を震わせた。

やがて彼は志保と百合子の、混じり合った唾液と吐息の匂いに包まれて、うっとりと快感の余韻を噛み締めたのだった……。

第四章　非常時の美熟女

1

「では、役所へ行ってきます」

翌朝、治郎は百合子に言い、志保と一緒に家を出た。

もう雨も上がった爽やかな秋晴れで、今日は百合子も学校へ行くようだ。

新大津駅から十五分ほど電車に乗り、横須賀中央で降りた。市役所は小川町にあり、歩いて五分ほどだ。

繁華街を抜け、役所へ向かう通りに入ったところで、二人はいきなり呼び止められた。

「待て、貴様ら！　この非常時に何やっとる！」

見れば、一人の下士官が睨み付け、軍刀を鳴らして駆け寄ってきた。

左腕には、白地に赤で『憲兵』と書かれ、襟章を見ると伍長だった。

「平日の昼間ではないか。女！　学校や工場はどうした」

居丈高な物言いに、治郎は腹が立ってきた。

いや、治郎は気の弱い大人しい性格だが、祖父二郎は、相当に鼻っ柱が強かったのだろう。

「ああ、これから役所へ届け出を出しにいくところです。鎮守府長官の許可をもらっていますので、ご不審なら鎮守府へ問い合わせてください」

「何だと、貴様！」

治郎の言い方が気に障ったか、憲兵伍長はいきなり拳骨を振り上げてきた。

志保が背後で身をすくめ、治郎も身構えたが、そのとき、いつの間に近づいたか、一人の男が伍長の手首を摑んだ。

見ると三十代半ばの、背広姿の男だ。坊主頭に口髭を蓄え、端整な顔立ちだが濃い眉と鋭い目が印象的だった。

「き、貴様、何者だ。憲兵に反抗するか、うわッ！」

伍長は、いきなり激しい往復ビンタを食らって悲鳴を上げた。往復ビンタなのに、音が一発しか聞こえないほど、男はビンタに慣れているようだ。

画＝ならやたかし

「こ、こいつ……」

よろめきながら伍長が軍刀に手をかけると、男が背広の内ポケットから手帳を出して見せた。

黒地に金で、六角形の菊のマーク。

「憲兵大尉、南部《なんぶ》十四郎《じゅうしろう》。東京憲兵隊より出張してきた」

「は……、はッ……！」

言われて、伍長が青ざめて直立不動になった。

「内地で威張ってる憲兵連中を、外地に送る人選をしている。お国のため、兵に混じって銃を取る名誉な仕事だ。お前を選んでやろう」

「か、勘弁してください、大尉殿……」

伍長は泣きそうな顔になった。

「早く隊へ戻って、俺が来たと上に伝えろ。余っているものを整列させておけ」

「はッ……！」

伍長は身をすくませて挙手をし、回れ右をして駆け出していった。横須賀憲兵隊は、この先の米ヶ浜にある。

「あ、有難うございました」

「いや、お前たちも少し離れて歩け」

「はい！」

治郎は海軍式の敬礼をし、やがて男が去ったので、志保を促して役所へと向かった。

市役所へ行き、二人は無事に婚姻届を出し、治郎は感無量の思いだった。志保もほんのり頬を染め、嬉しげにしていた。

「どうしよう。帰隊は夕方だし、大津高女に戻っても仕方がないな」

「ええ、ではまゆうの小母様に報告を」

「そうだな」

治郎も答え、また中央駅に戻って電車に乗り、追浜へ行った。

はまゆうに入ると、何と、そこにさっきの男、十四郎が居たのである。

「あ……、先ほどはどうも……」

「おう、よく会うな」

彼は言い、治郎と志保は少し離れてカウンターに座った。

「おかげさまで、婚姻届を出してきました」

「まあ、それはおめでとう」

志保がモジモジと言うと、奈津も満面の笑みで答えてくれた。

「まあ、間もなく南方行きの艦も来るでしょうから、それまでの新婚です」

治郎が言うと、

「南方か……」

十四郎が呟くように言い、ほまれ(軍用煙草)の紫煙をくゆらせた。

彼も来たばかりらしく、奈津がコーヒーを出し、一口すすった。

「これは、本物のコーヒーか……」

十四郎が驚いて言った。

「ええ、海軍さんから回してもらっているんです」

「そうか、久々だ……」

十四郎は、コーヒー好きらしい。

この時代、輸入は途絶えているので、コーヒーといえば大豆や百合根などの代用品しかないのだ。

「お客さんは、東京の方ですか?」

「ああ、実は生まれは横須賀なのだが、身寄りをなくして中学から東京で」

「そうですか。横須賀のどこ」

「富士見町《ふじみ》。ヨコクウに知り合いがいるので寄ってみたが、不在だった」

「まあ、それは残念」

奈津は言い、十四郎はたちまちコーヒーを飲み干して立ち上がった。

「そろそろ行ってやるか。長いこと整列して待っているのも辛いだろうからな」

十四郎は治郎の方を見て苦笑して言い、財布から十銭玉を二つ出した。

「有難うございました」

奈津が言い、十四郎は立ち上がって出口に向かった。すると立ち止まって治郎と志保を振り返った。

「おめでとう」

「あ、有難うございます」

言われて、治郎は立ち上がって敬礼し、志保も椅子から立って辞儀をした。

すぐに十四郎は店を出て行き、二人も椅子に戻った。

「すごい雰囲気の人ね。刑事さん？」

「憲兵大尉と言うことでした」

「まあ恐い。海軍さんから回してもらってるコーヒーのこと、追及されないかしら……」

「大丈夫でしょう。見かけは恐そうだけど、優しい人に思います」

治郎は言い、やがて志保と二人、少々早めの昼食をそこで終えた。

「では、私は帰ります。舞鶴の両親に、早く手紙を書きたいので」

「うん、分かった」

志保が言うと、治郎も答えた。彼は目の前が横須賀航空隊なのだから、夕方までこの界隈にいた方が便利である。

志保が帰って行き、治郎は茶を飲んで寛いだ。

「どう？　所帯を持った気分は」

奈津が片付けものをしながら訊いてきた。

「まだ実感がないですね。一緒に暮らしているわけじゃないし」

「そうね。もう女房持ちになってしまったから、私とは出来ない？」

奈津が、艶めかしい眼差しで彼を見つめて言った。

「い、いえ、お願いできるのなら……」

「そう、じゃお店閉めましょうね。上へ行ってて」

奈津が言ってカウンターから出てきた。そして本当に看板をしまい、戸締まりを始めたのである。

治郎も急激に淫気を催し、トイレを借りてから先に二階に上がっていった。

志保へのすまなさは、それほど湧かなかった。来年志保が死なずにすめば、戦後も長く一緒にいられるのである。

二階の部屋に入ると、治郎は軍服を脱いで全裸になり、勝手に押し入れを開けて布団を敷き延べておいた。

間もなく奈津も上がってきて、急いで全て脱ぎ去ってしまった。

「アア……、したくて堪らなかったわ……」

奈津が感極まったように言って横になり、添い寝した彼を抱きすくめてきた。

治郎もまた、自分にとって最初の女である奈津の熟れ肌に激しく欲望を燃え上がらせた。

腕枕されると、治郎は鼻先にある乳首にチュッと吸い付き、柔らかな巨乳に顔中を押しつけた。

「ああ……、いい気持ち……、もっと吸って……」

舌で転がすと、奈津は熱く喘ぎながらクネクネと熟れ肌を悶えさせた。

治郎がもう片方に吸い付いてのしかかると、彼女も仰向けになり完全な受け身体勢になった。

左右の乳首を交互に含んで舐め回し、さらに彼は奈津の腋の下にも顔を埋め、色っぽい腋毛に鼻を擦りつけて嗅いだ。

今日も彼女の腋は甘ったるい濃厚な汗の匂いが馥郁と籠もり、治郎は酔いしれながら何度も深呼吸した。

そして彼は、白く滑らかな熟れ肌を舐め下りていった。

2

「アア……、くすぐったいわ……、早く入れて……」

治郎が脇腹を舐めると、奈津が待ちきれないように身悶えてせがんだ。

もちろんすぐ入れたら早々と終わってしまう。帰隊までは充分に時間があるので、治郎もじっくり愛撫をした。

形よい臍を舐め、張り詰めた下腹から腰、ムッチリした太腿を舌で這い下りていった。

脛の体毛が艶めかしく、治郎は頬ずりして足首まで行き、足裏にも顔を押しつけて舌を這わせ、指の股に鼻を割り込ませるように押しつけた。

今日も朝から働いていた奈津の指の股は汗と脂にジットリ湿り、ムレムレの匂いが濃く沁み付いていた。

治郎は美女の足の匂いを存分に嗅ぎ、爪先にしゃぶり付いて桜色の爪を噛み、順々に指の間に舌を潜り込ませていった。

「あう……、汚いのに、どうしてそんなところを……」

奈津が声を上ずらせて言い、ヒクヒクと足を震わせたが拒みはしなかった。

治郎は両足とも、味と匂いを堪能しながらしゃぶり尽くし、やがて脚の内側を舐め上げて股間に顔を進めていった。

奈津が息を弾ませて両膝を開くと、治郎は滑らかな内腿を舐め上げ、熱気の籠もる中心部に迫った。

もちろん割れ目からはみ出した陰唇は興奮に色づき、内から溢れる大量の蜜にヌメヌメと潤っていた。

鼻先を寄せて指で開くと、かつて梅子が産まれ出てきた膣口が、襞を入り組ませてキュッキュッと艶めかしい収縮を繰り返していた。

ピンクの柔肉も息づき、ポツンとした尿道口が見え、包皮の下から突き出たクリトリスも真珠色の光沢を放って愛撫を待っていた。

我慢できず顔を埋め込み、黒々と艶のある茂みに鼻を擦りつけると、今日も汗とオシッコの混じった匂いが生ぬるく鼻腔を掻き回してきた。

治郎は美女の体臭に噎せ返りながら舌を這わせ、淡い酸味の蜜をすすり、膣口からクリトリスまで舐め上げていった。

「あぁッ……！　気持ちいい……」

奈津が顔を仰け反らせて喘ぎ、量感ある内腿でキュッときつく彼の両頬を挟み付けてきた。

治郎も味と匂いを貪り、彼女の両脚を浮かせ、豊満なお尻の谷間に鼻を埋め込んでいった。ツボミには今日も汗の匂いに混じり、秘めやかな微香が籠もり、彼は嗅ぎながら舌を這わせた。

細かな襞を濡らし、舌先を潜り込ませてヌルッとした粘膜を舐めると、

「く……、そんなところ、いいから……」

奈津が呻き、モグモグと肛門で舌を締め付けてきた。

治郎も充分に舌を蠢かせてから舌を割れ目に戻し、新たに溢れたヌメリをすすった。

そして左手の人差し指を、唾液に濡れた肛門に浅く押し込み、右手の二本指を膣口に挿し入れ、クリトリスに吸い付いた。

「あ……、すごいわ……、もっと乱暴にして……」

奈津が本格的に喘ぎはじめ、治郎もそれぞれの指を蠢かせた。

肛門に入った指は小刻みに出し入れさせるように動かし、膣内の指は内壁を摩擦したり、天井を圧迫したりした。

「い、いっちゃう……、堪忍……！」

最も感じる三カ所を同時に刺激され、奈津が降参するように口走った。

やはり、果てるときは一つになりたいのだろう。

治郎も、充分に彼女を高めてから舌を引っ込め、前後の穴からヌルッと指を引き抜いてやった。

「あう……」

離れるとき、奈津が呻いてビクッと肌を震わせた。

肛門に入っていた指に汚れの付着はなく、爪にも曇りはないが、微香が感じられた。

膣内の二本の指は、攪拌されて白っぽく濁った愛液にまみれ、指の間には膜が張り、指の腹は湯上がりのようにふやけてシワになっていた。

すると奈津が身を起こし、お返しとばかりに彼を仰向けに寝かせ、股間に顔を寄せてきた。脱ぐときアップの髪を解いたので、長い黒髪がサラリと彼の股間を覆い、内部に熱い息が籠もった。

先端にチロチロと舌が這い、奈津は念入りに尿道口から滲む粘液を舐め取り、さらに丸く開いた口でスッポリと亀頭を含んだ。

そして熱い鼻息で恥毛をくすぐりながらモグモグとたぐり、根元まで頬張って吸い付いた。

「ああ……」

治郎は快感に喘ぎ、美女の口の中で生温かな唾液にまみれたペニスをヒクヒクと震わせた。

やがて奈津は充分に唾液に濡らしてからスポンと口を引き離し、陰嚢にも舌を這わせ、すぐに身を起こしてきた。

「いい？　上から……」

奈津が言って跨がり、治郎も返事の代わりにペニスを真上に突き出した。

彼女も上から濡れた膣口を先端に押し当て、息を詰めてゆっくり腰を沈み込ませてきた。

「アアッ……！」

ヌルヌルッと根元まで受け入れると、奈津が色っぽい表情で喘いだ。

治郎も肉襞の摩擦を味わい、キュッと締め付けられながら股間に彼女の重みを感じた。

奈津も完全に座り込み、スクワットのように脚をM字にさせて股間を上下させたが、やがて両膝を突き、身を重ねてきた。

治郎は抱き留め、両膝を立ててズンズンと股間を突き動かしはじめた。

「ああ……、いい……」

奈津が熱く喘ぎ、彼の肩に腕を回し、肌の前面を密着させてきた。

次第に互いの動きがリズミカルに一致し、クチュクチュと卑猥な摩擦音を立てながら互いの股間がビショビショになった。

下から唇を求めると、奈津もピッタリと重ね合わせ、ヌルッと舌を潜り込ませてきた。

彼は滑らかに蠢く美女の舌を舐め回し、熱く湿り気ある息で鼻腔を満たした。

奈津の吐息は今日も白粉のような甘い刺激を濃厚に含み、生温かな唾液が注がれてきた。

治郎は奈津の唾液と吐息を心ゆくまで貪り、さらに彼女の口に鼻を押し込み、悩ましい匂いで胸を満たした。

「舐めて……」

言うと、奈津も舌を伸ばし、彼の両の鼻の穴を舐め回し、さらに頰から瞼まで舌を這わせ、頰にも軽く歯を立ててくれた。

「ああ……、いく……！」

たちまち高まった治郎は口走り、突き上げを速めながら、そのまま昇り詰めてしまった。

大きな快感とともに、ありったけの熱いザーメンがドクンドクンと内部にほとばしり、深い部分を勢いよく直撃した。

「き、気持ちいいッ……、アアーッ……！」

噴出を受け止めると同時に、奈津も声を上ずらせ、オルガスムスに達したようだった。同時に膣内の収縮が高まり、彼女はガクンガクンと狂おしい痙攣を開始した。

治郎は溶けてしまいそうな快感に包まれ、心地よい摩擦の中で最後の一滴まで出し尽くした。

徐々に動きを弱めて力を抜いていくと、

「ああ……、よかったわ……」

奈津もすっかり満足したように声を洩らし、熟れ肌の硬直を解いてグッタリと体重を預けてきた。

まだ膣内はキュッキュッと収縮を繰り返し、射精直後で過敏になった亀頭が刺激されてヒクヒクと中で跳ね上がった。

やがて互いに完全に動きを止めて力を抜くと、治郎は美女の熱く甘い息を嗅ぎながら余韻を味わった。

「志保さんにも、こんなこと色々してしまった?」

奈津が、荒い呼吸を繰り返しながら囁いた。

「ええ……」

「足の指とかお尻の穴まで? いけない子ね……」

治郎が答えると奈津は言い、もう一度キュッと膣内を締め付けてから、そろそろと股間を引き離してくれた。

そして身を起こしてチリ紙を手にし、手早く割れ目を処理すると、濡れたペニスも丁寧に拭き清めてくれた。

「帰隊の時間まで眠るといいわ。これからはお昼寝も出来ないでしょうから」

「ええ、どうも有難う……」

奈津が彼の腹に薄掛けを掛けて言うと、治郎も答えて目を閉じたのだった。

3

「じゃ行ってきます。いろいろお世話になりました」

夕刻六時、治郎は奈津に言って挙手の礼をした。すでに夕食までご馳走になってしまった。

「ええ、身体に気をつけてね」

「はい。もっとも艦が来れば出航までに何日か休暇がもらえるので、また顔を出しますね」

治郎は言い、はまゆうをあとにした。

道路を渡り、少し歩いて航空隊に戻ると、治郎は辻大尉に申告してから自分の部屋に戻った。

着替えて風呂を使い、もう夕食はすんでいるので自分のベッドに横になった。

話では、明日明後日にも輸送船が入ってくるようだ。そうなれば五日以内に出航ということになるだろう。

（何だか、いろんなことがあったなあ……）

治郎は暗い天井を見ながら、志保や百合子、奈津や梅子、真知子や比呂子の顔を順々に思い浮かべ、それぞれの味や匂い、感触などを甦らせた。

しかし勃起してこないのは、満足しきったからなのか、それとも軍隊の中にいるという緊張によるものなのか、それは分からなかった。

それにしても、自分はいつまでこの時代にいるのだろうと治郎は思った。

もう志保には、嫌と言うほど来年七月の外出は禁じてあるし、志保も言う通りにするだろう。

それなら、この時代での治郎の役割はすんだはずなのに、依然として現代に戻れないのである。

やがて巡検ラッパが聞こえてきた。陸軍では消灯ラッパだが、海軍では当番が巡回を終えて眠ることになっている。

治郎も、その哀調を帯びた音色を聴いているうち、習慣でいつしか深い睡りに落ちていったのだった……。

——翌朝、治郎は起床ラッパで目を覚ました。

起床ラッパは、

ドドドドミドドドソドドミド〜ミミミミドミドミドミソソド〜
起きろよ起きろよみな起きろ〜起きないと班長さんに叱られる〜

という歌詞が当てられている。
起きて着替え、急いで厠《かわや》をすませて顔を洗う。
続いて点呼ラッパ。

ド〜ソソド〜ソソドドミ〜ソソソ〜ミミミソミド〜ソドドミド〜
点呼だ点呼だ週番兵士は週番班長に報告したか〜まだか〜

そして食事ラッパだ。飯に肉のない豚汁に少量の漬け物。食事は味わって食う暇がないので、かっこむ、と言う。

ドドドドミミミミドミドミソソソ〜ドドドドミミミミドミドミド〜
かっこめかっこめかっこめかっこめどんどんかっこめ〜かっこめかっこめかっ

こめかっこめ噛まずにかっこめ～


これは正露丸CMのラッパだから治郎もよく知っていた。

食事を終え、喫煙者は煙草盆の方へ集まったが、そのとき伝令が飛んできて報告した。

「太平洋沖の米空母から、十数機のグラマンが飛び立った模様」

「なに！」

みな一斉に煙草を消し、駆け足で部屋に戻る。

「搭乗員は戦闘準備！」

スピーカーから声がし、治郎も自分の部屋で急いで軍服を脱いだ。

居候だが、飛べる戦闘機も搭乗員も限られている。ここでは治郎も迎撃要員の一人だ。

ツナギの飛行服に着替え、半長靴を履く。救命胴衣に縛帯を装着し、落下傘を尻に下げ、飛行帽をかぶって手袋をした。

自分でも驚くほどの手際のよさだ。ここからは治郎ではなく、祖父二郎の意識が前面に出て全身を操っていた。

白いマフラーを締めながら飛行場に駆け出すと、整備員たちの手で愛機が倉庫から出されているところだ。

愛機と言っても、治郎は横須賀航空隊に来てから一回テスト飛行をしただけである。

ちなみに零式艦上戦闘機の零とは、正式採用になった皇紀二千六〇〇年（昭和十五年）の末尾「〇」からつけられた。

「杉井飛長。弾も油も満タンですぜ。ご存分に！」

「おう！」

整備兵に言われて治郎は答え、濃緑色の機体に左側から駆け寄った。

主翼と機体に描かれた日の丸は、目立つので周囲の白線が消されている。

治郎は手掛け、足掛けを利用してコックピットに乗り込んだ。

クッションがないので、落下傘を下に敷いて座る。

零戦は尾輪が小さいので、着地した状態で座ると仰向けに近く、見えるのは空だけだ。そこでレバーを調整して座席を最大の高さに押し上げ、目にゴーグルを当てた。

整備兵が押しながら機体を滑走路に向けていった。

治郎もフットバーの左を踏み込み、機体を左に曲げた。

垂直尾翼にある方向舵《ラダー》は尾輪と連動しているので、機首が滑らかに左へ向かっていった。

位置が定まると、治郎は尾輪をロックした。

手先信号で合図をすると、整備兵がいったん車輪止めをしてカウリング下部に転把《クランク》を差し込んだ。

そう、零戦は一人では動かず、整備兵の補助が必要なのである。

治郎は座席バンドを肩と腹にきっちり結び、整備兵も機銃とピトー管のカバーを外した。

目の前には、九八式射爆照準器と計器板。上部左右には水平儀と旋回計。下の中央に羅針儀、左右に昇降度計に速度計、高度計、油圧計、回転計などが美しく並んで、ガラスもピカピカだった。

「タイヤ空気圧と、気圧高度計も調整済みです。オイルシャッター閉、カウルフラップ閉。燃料セレクターバルブ、両翼タンクオン、胴体タンクオフ」

「了解」

治郎は答え、バッテリーと着陸装置指示器のスイッチをオンにした。今は脚が出ている状態なので、ランプは青。左手のスロットルレバーは『3』の位置。

「準備完了、イナーシャ回せえ！」

治郎が叫ぶと、整備兵がクランクを回しはじめた。

回転音が最大になると、

「コンタクト！」

治郎は言い、点火スイッチをオンにした。海軍では、何しろ英語が多い。

軸を直結するレバーを引き、手動ポンプで燃圧を上げた。

そしてブースターのスイッチをオンにすると、三枚ペラが雄々しく回転を始めた。

バッ！　バラッ！　バラララ……！

雄々しい中島栄二十一型エンジンの音が響き、機が振動してきた。

治郎は油圧計と筒温計を見ながら暖気を上げ、尾輪ロックを外すと、整備兵も車輪止めを外した。

「ご武運を！」

整備兵が離れて挙手をすると、治郎も敬礼を返して椅子の位置を下げ、目の前の照準器に目の高さを合わせた。

踏み込んだ両足のブレーキを緩めると、徐々に零戦が滑走を始めた。

左手のスロットルを少しずつ開き、右手の操縦桿を前に倒すと、尾輪が浮いて機が水平状態になった。

視界もよくなり、他の機もすでに何機か飛び立っていた。

やがて治郎は、興奮に胸を高鳴らせながらスロットルを全開にし、操縦桿を引いた。

水平尾翼の昇降舵《エレベータ》が跳ね上がり、機は滑らかに地を離れて上昇した。

もう治郎は全てを、大和魂の籠もった祖父の肉体と思考に任せた。

風防を閉めてゴーグルを押し上げる。

右下にあるレバーを引くと、主脚と尾輪が収納され、表示ランプが青から黄、赤に変わり、主翼上部にある突起が引っ込んだ。着陸時に、車輪が出たかどうかが見えないので、その突起で判断するのだ。

車輪を引っ込めると、グンとスピードが増した。

進路を真東に取って先頭を行く隊長機を追い、飛び立った零戦は全部で五機。

土浦での飛行訓練や模擬戦でも、常に二郎は優秀だったらしい。

「七つボタンは～桜に錨～～」

治郎は予科練の歌を口ずさみ、まだ残暑の残る秋晴れの空を飛翔した。風防を閉めても、かなりすきま風があって涼しい。

恐ろしくないのは、二郎が米寿まで生きたことを知っているからだろう。

高度三〇〇〇、速度一二〇ノット。

五機の編隊は、隊長機を先頭に雁のように列を崩さずに進んだ。

治郎は、自分一人で操縦し、空を飛んでいるなど信じられなかった。

今は祖父に任せているので心強いが、実際に新米パイロットだったら、どれほど不安で孤独だろう。

やがて海上に出ると、青い海の煌《きら》めきが美しかった。

だが、戦争中なのだと、治郎は気持ちを引き締めたのだった。

4

（来たか……！）

治郎は、隊長機が翼を左右にバンクさせるのを確認し、周囲を見回した。

零戦に通信機などはないので、風防越しの手先信号か、敵が来れば混戦になるだけである。

左上方にキラリと光るものがあった。

十数機、紺色の機体に星条旗をつけた、グラマンＦ６Ｆヘルキャットだ。

爆撃機は見あたらないので、どうやら戦闘機だけで、横須賀か東京に偵察と威嚇に来たようだ。

敵も気づき、編隊を崩して散開し、当方も左右に広がった。

主翼の前面に黄色い味方識別色はあるが、混戦の中ではいちいち確認している余裕はない。

とにかく相手は倍以上の数なので、零戦の小回りで奇襲するしかなかった。

射爆照準器のスイッチを入れて電球を点け、ダイアルを『暗』から『明』に回すと、斜めに立った反射ガラスに、丸に十字の光像が浮かび上がった。

奴らの方が高度が高いので、さらに治郎たちは操縦桿を引き、上昇しながらそれぞれの敵を照準器に納めた。

そして治郎は機銃の安全装置を外し、左手親指を、スロットルレバー先端にあるボタンに触れた。機銃は、主翼と機体の切り替えが出来るが、今は全弾発射用になっている。

（あいつだ……）

治郎は、友軍機が中央と右に散開したので、敵機を左上空に定めた。

フットバーの左足を踏み込み、操縦桿を左下に。

機が上昇しながら左旋回を開始した。主翼にある補助翼《エルロン》、尾翼の方向舵《ラダー》と昇降舵《エレベータ》が全て正確に定まると、機が傾いても傾斜計の黒い玉は真ん中でピタリと止まる、理想角度だった。

照準器にグラマンの下部が納まった。

治郎は機銃を発射しながら、なおも敵の動きを予想して追った。

機体に二挺ある七・七ミリ機銃と、主翼左右にある二〇ミリ機銃が、一斉に火を噴いた。

振動が伝わり、発光弾が敵機に吸い込まれていく。

旋回しながらの射撃は、俗に小便弾といって放物線を描いてしまう。

しかし治郎は計算ずみで、無駄なく敵機に命中させることが出来た。

(やった……!)

当たれば、それ以上撃つのは勿体ない。

二〇ミリ弾が敵の主翼タンクを貫通して発火し、たちまち赤い炎と黒煙を引いてグラマンが墜落していった。

人を殺《あや》めた意識などなく、すぐ次の敵に向かわねばならない。

背後から、敵討ちとばかりにグラマンが迫った。

治郎は操縦桿を引いてスロットルを開き、急上昇。Gを感じながら巴戦《ともえ》に持ち込んだ。

すると、敵も彼の軌道を執拗に追ってきた。

しかし零戦の小回りは、通常の円より小さく、あっという間に敵の背後に回ることが出来る。空と海が上下に入り乱れる中、治郎は狙い過《あやま》たず敵機の後ろにピタリと付いた。

照準器に捉えるや否、再び機銃が火を放った。

今度は小便弾ではなく、正面の敵だから難なく命中。

すぐに離脱して他の敵を探すと、グラマンは少し遅れて火を噴き、錐揉《きりも》み状態で墜落していった。

バンク角四〇度の垂直旋回。

これは味方だ。ぶつかりそうになるのを避け、次の敵を発見、友軍機の後ろにつこうとしているので横から狙い撃ち。

硝煙の匂いが機内にまで漂い、治郎は三機目を撃墜した。

見回すと、あちこちに黒煙が尾を引き、友軍機の活躍も目覚ましいようだ。

敵《かな》わぬと思い逃げようとする敵機を追い、機銃弾を叩き込む。

そこで、二〇ミリと七・七ミリの機銃、全弾を撃ち尽くした。

ちなみに二〇ミリの装弾数は、各百発。七・七ミリ弾は各七百発だ。二〇ミリは毎分五百二十発だから、連射すれば十秒余り。七・七ミリは毎分九百発だから四十七秒で撃ち尽くしてしまうのである。

四機目のグラマンが空中爆発を起こして飛散すると、治郎は機首を返した。

他の友軍機も全て無事のようで、逃げるグラマンは二機ほどだった。

五機は帰途についた。中には被弾したものもあるが、搭乗員は無事のようで、何しろ大戦果だった。

主翼タンクの燃料が切れたので、胴体タンクをオンにして切り替える。全弾を撃ち尽くしたので機体も軽かった。

基地に向かいながら、搭乗員たちのはしゃぐ様子が伝わってきた。

治郎も初の戦闘で手柄を立て、貴重で大切な零戦を無傷で帰すのが何より嬉しかった。

三浦半島が見えてくると、隊長機が横須賀航空隊に進路を修正し、やがて彼方に飛行場が見えてきた。

順々に着陸してゆき、最後が最年少の治郎だ。

プロペラ・ピッチレバー、混合比レバー、緊急出力ブースターのレバーを操作し、着陸態勢に入った。

気化器空気レバーは冷、過給器を低ブロウアー、カウルフラップを閉。

そして滑走路が見えてくると、レバーを引いて車輪を出した。

主翼の左右上面に突起が出て、ランプも赤から黄色に変わり、主脚と尾輪の青ランプが三つ並んだ。

主脚と尾輪をロックし、レバーをニュートラルに戻す。

座席右側のレバーを引いて、指示器を見ながらフラップを四十度開いた。

スロットルを緩め、まずは主脚から着地した。

空母への着艦は、フックがあるから三点着陸をするが、地上は方向蛇の効きを保つため尾輪は浮かせておく。

振動が伝わり、さらに尾輪も着地。治郎はタキシングを続けながら肩の力を抜き、ゴーグルを目に当てて風防を開けた。

座席を最大の高さに上げながら、誘導に従って進んだ。

やがて機が完全に停まると、治郎は点火スイッチを『断』に、燃料バルブ、主電源スイッチ、発電機スイッチを全て切った。

「スイッチ、オフ！」

治郎は叫び、ゴーグルを押し上げて立ち上がった。

「お疲れ様！」

整備兵が主翼に上がってきて言った。

そして零戦を降りると、戦友たちも駆け寄ってきた。

「杉井飛長、すごいじゃないか、四機も撃墜とは！　あとは全員二機ずつだ」

隊長が言って手を差し出し、治郎も手袋を外して握手した。

そしてマフラーを解きながら兵舎へ戻り、いつもの三種軍装に着替えた。

少し休憩すると、間もなく昼飯で食堂に行った。

「貴様か、撃墜王は。大人しそうな顔立ちだが、大したもんだ」

すると何人かの下士官が来て、治郎の顔を見て言った。誉められるのは嬉しいが、その都度手を止めて直立しなければならない。

やがて食事を終えると、治郎たちは司令の部屋に呼ばれ、大戦果を讃えられ、さらに輸送船が明朝着くことを知らされた。

「出航は、三日後のヒトフタマルマル（正午）。くにへ帰るものは急いで行ってこい」

言われて解散となり、たった今から休暇となった。

治郎の実家は品川で、電車一本だから明日にでも、志保と一緒に行けばよいだろう。

今夜も大津へ行って百合子の家に泊めてもらいたいが、いきなり行くのもどうかと思うし、隊から高女に電話するのも気が引けた。

今日のところは部隊に泊まり、明朝行こうと思った。

そして時間もあるので、昨日も行ったばかりだが、今日ははまゆうに顔を出すことにした。

店に入ると、何と梅子が一人でいた。セーラー服ではなく、白ブラウスと紺のスカート姿だ。

「まあ、二郎さん」

「あ、奈津さんは？」

「実家へ野菜を取りに行ったわ。今夜は遅くなりそう」

梅子が答える。奈津の実家は三浦市にあるらしい。

「コーヒー淹れましょうか」

「いや、勿体ない。水でいいよ。それより出航が決まった。三日後だ」

カウンターに掛けて言うと、梅子が水を出してくれた。

「そう……、いよいよですね」

「ああ、でも必ず帰ってくるよ」

「ええ、そうでないと志保が可哀想」

「明日、志保と品川の家に行ってくる」

治郎は言い、水を飲み干した。

「ね、お店閉めるから二階に、いい？」

梅子が目を煌めかせ、声を潜めて言った。志保に同情していた舌の根も乾かぬうち、淫気を催したらしい。それに前は真知子と比呂子も一緒だったから、二人きりの淫靡な体験をしたいようだ。

もちろん治郎も頷くと、彼女はすぐ店仕舞いをしたのだった。

5

「二人きりなんて、ドキドキするわ。志保には悪いけれど……」

梅子が二階に来て言い、すぐにも服を脱ぎはじめた。

治郎も手早く全裸になると、ペニスは激しく勃起していた。やはり死線をくぐると、生存本能が旺盛になるのだろう。

気持ちもまだ高ぶっているが、もちろん梅子には、米軍パイロットを四人も殺したことは言わなかった。

やがて治郎は仰向けになり、やはり一糸まとわぬ姿になった梅子の手を握って引き寄せた。

「ね、ここに座って」

治郎は自分の下腹を指して言った。

「まあ、どうして……」

「女の子の重みを感じておきたいんだ。さあ」

言うと、梅子は恐る恐る従った。やはり真知子や比呂子がいるときと違い、羞恥も倍加しているようだ。

この同じ部屋で、治郎が奈津を何度となく抱いたことなど、梅子は夢にも知らないだろう。

跨いで座り込むと、美少女の股間が彼の下腹に密着した。

梅子は、仲間たちの中で最も小柄で愛くるしく、体重も軽い方だ。

「両脚を伸ばして、足の裏を僕の顔に」

「あん、いけないわ……」

立てた両膝に寄りかからせ、足首を摑んで引っ張ると、梅子が声を震わせて身じろいだ。

それでもされるままになり、治郎は梅子の両足の裏を顔に受け止め、美少女の全体重を感じた。

密着した割れ目が、生温かく潤いはじめてくる様子が伝わってきた。

彼は足裏を舐め、指の間に鼻を割り込ませて嗅いだ。今日も午前中畑仕事をして店に来て、奈津と入れ替わったらしく、汗と脂に湿った指の股にはムレムレの匂いが濃く籠もっていた。

治郎は美少女の蒸れた足の匂いを存分に嗅いでから、爪先にしゃぶり付き、指の股を順々に舐め回した。

「あう……、ダメ……」

梅子がビクッと足を震わせ、身悶えするように言った。

治郎は両足とも味と匂いが薄れるまで貪り、やがて彼女の手を引っ張って身体の上を前進させた。

「ああ……、困ります……」

「いいよ。構わず顔を跨いでしゃがんで」

尻込みする梅子を引っ張り、強引にしゃがみ込ませてしまった。

「アア……、罰が当たるわ……」

梅子は、完全に和式トイレスタイルになって喘いだ。三人でするときは大丈夫でも、やはり二人きりの密室だと、かなり抵抗があり、それが興奮に拍車をかけるようだった。

白く健康的な脹ら脛と内腿がムッチリと張り詰め、丸みを帯びた割れ目が蜜に潤って彼の鼻先に迫った。

陰唇を指で広げると、襞の入り組む膣口が可憐に息づき、光沢あるクリトリスもツンと突き立っていた。

腰を抱き寄せ、ぷっくりした若草の丘に鼻を埋めると、汗とオシッコの匂いが悩ましく鼻腔を刺激してきた。

「ああ、いい匂い……」

言いながら舌を這わせると、淡い酸味の蜜がトロトロと滴ってきた。

「あん……、いい気持ち……」

次第に梅子も、羞恥や抵抗感より、快楽を前面に出してきたように喘ぎはじめた。治郎もチロチロとクリトリスを舐め回し、溢れる愛液をすすり、美少女の匂いに酔いしれた。

「ね、身体の向きを変えて、僕のここもおしゃぶりして」

言うと、梅子は彼の顔に股間を密着させたまま、そろそろと身を反転させ、女上位のシックスナインの体勢になって屈み込んだ。

そして梅子は亀頭にしゃぶり付き、熱い鼻息で陰嚢をくすぐりながら吸い、執拗に舌をからめてくれた。

治郎も快感の中で向きの変わった割れ目を舐め、伸び上がってお尻の谷間にも鼻を埋め込んでいった。

可憐な薄桃色のツボミに籠もった微香を嗅ぎ、舌先でチロチロ舐めてからヌルッと潜り込ませると、

「く……」

梅子は呻き、反射的にチュッと強く亀頭に吸い付いてきた。

やがて治郎は舌を締め付けられながら充分に肛門を味わい、再び割れ目に戻っ

てクリトリスを吸った。

「も、もう堪忍……」

梅子がチュパッと亀頭から口を離して言い、そのままゴロリと横になってしまった。

治郎は身を起こし、彼女を仰向けにさせて正常位で股間を進めていった。

新鮮で清らかな唾液に濡れた先端を、愛液の溢れた膣口に押し当て、ゆっくりと挿入していった。

ヌルヌルッと心地よい肉襞の摩擦が幹を包み込み、そのまま根元まで滑らかに吸い込まれていった。

「アア……」

梅子も痛みより、男と一つになった充足感を得たように、うっとりと喘いだ。

股間を密着させると、治郎は美少女の温もりと感触を味わいながら、身を重ねていった。

そして屈み込み、薄桃色の乳首に吸い付き、顔じゅうを膨らみに押しつけながら舌で転がした。

「ああ……、何ていい気持ち……」

梅子も喘ぎながら両手でしがみつき、キュッキュッと膣内を締め付けた。

治郎は左右の乳首を交互に含み、充分に舐め回してから梅子の腋の下にも鼻を押しつけていった。

和毛には今日も甘ったるい汗の匂いが濃厚に沁み付き、彼は胸いっぱいに美少女の体臭を満たしながら、徐々に腰を突き動かしはじめた。

「う……」

梅子が小さく呻き、微かに眉をひそめたが、やはり痛みより興奮の高まりが大きいらしく、自分からも股間を突き上げてきた。

溢れる愛液で次第に動きが滑らかになり、ピチャクチャと淫らに湿った摩擦音も聞こえてきた。

治郎は彼女の首筋を舐め上げ、上からピッタリと唇を重ねた。

柔らかく、ぷっくりした弾力と唾液の湿り気が伝わり、彼は舌を潜り込ませて滑らかな歯並びを舐めた。

梅子も歯を開いて受け入れ、チロチロと遊んでくれるように小刻みに舌をからめてくれた。治郎は美少女の生温かく清らかな唾液をすすり、甘酸っぱい果実臭の息に酔いしれた。

次第に互いの動きもリズミカルになり、熱い呼吸が混じり合った。

「アア……、奥が、熱いわ……」

梅子が、唇を重ねていられず、口を離して喘いだ。

治郎は彼女の開いた口に鼻を押し込み、濃厚に甘酸っぱい芳香を嗅いで、うっとりと鼻腔を満たした。

すると梅子もヌラヌラと鼻の穴に舌を這わせてくれ、治郎は美少女の唾液と吐息にたちまち高まっていった。

「い、いく……！」

突き上がる大きな絶頂の快感に口走ると、同時に熱い大量のザーメンがドクンドクンと勢いよく柔肉の奥にほとばしった。

「ああッ……、感じる……！」

噴出を受け止めた梅子も熱く喘ぎ、飲み込むようにキュッキュッときつく膣内を収縮させた。もう、ほぼオルガスムスを得たような感じで、さらに今後とも開発されてゆくことだろう。

治郎は快感の中、心置きなく最後の一滴まで出し尽くし、徐々に動きを弱めていった。

「ああ……、よかった……」

梅子も声を洩らし、肌の強ばりを解いてグッタリと四肢を投げ出した。

まだ膣内の収縮は続き、ペニスは刺激されてヒクヒクと過敏に内部で跳ね上がった。

治郎は美少女に体重を預け、かぐわしい息を間近に嗅ぎながら、うっとりと快感の余韻を嚙み締めたのだった。

第五章　美人教師の舌に蕩けて

1

「出航が決まりました。明後日の昼です」

朝、治郎は百合子の家を訪ねて言った。

「まあ、そうですか。いよいよですね……」

「はい。今日にも品川の実家へ志保と行きたいのですが」

「今日は授業があるので、昼に帰ります」

珍しく、畑仕事ではなく、教師が揃っているようだった。

「そうですか。では待たせて頂きます。百合子先生は？」

「私は、怠くて今日も休んでます」

百合子が言う。

どうやら、先日も仮病ではなかったようだ。

「どうなさったのです」

「しきりに生唾が湧いて、酸っぱいものが欲しくなるので、どうやら孕んだようです」

「で、では、僕ではなく旦那様の」

「ええ、そのようです」

「それはよかった。お目出度うございます」

治郎は顔を輝かせ、心から言った。やはり、亭主の子を孕むのが最もよいのである。

百合子も、ほっとしたようだった。

「でも、して頂けますか？　お名残惜しいので」

「大丈夫でしょうか。では、気をつけて致します」

彼女が熱っぽい眼差しで言うと、もちろん治郎も激しい淫気を催して股間を熱くさせてしまった。

すぐにも百合子が座敷に行って布団を敷き延べると、治郎も脱いでたちまち全裸になってしまった。

百合子も服を脱ぎ去り、白い柔肌を露わにして横たわった。

もちろんまだ腹の膨らみは全く目立たない。

治郎は、まず彼女の足首を摑んで浮かせ、足裏から顔を押しつけ、舌を這わせていった。

「ああッ……、そこから……？」

百合子が驚いたように喘ぎ、治郎は踵から土踏まずを舐め、指の間に鼻を押しつけた。あまり外を出歩いていないが、それでも汗と脂に湿り気と蒸れた匂いが感じられた。

爪先にしゃぶり付き、指の股に順々に舌を割り込ませると、

「アア……」

彼女がビクッと足を震わせて喘いだ。

治郎は念入りに賞味し、桜色の爪を嚙み、もう片方の足も味と匂いが薄れるほど貪り尽くした。

そして腹這い、脚の内側を舐め上げて股間に顔を進めていった。

両膝の間に顔を挿し入れ、白く滑らかな内腿を舐め上げると、股間から発する熱気と湿り気が顔を包み込んできた。

黒々とした茂みの下の方はキラキラと露を宿し、割れ目からはみ出した花びらもヌメヌメと蜜に潤っていた。

指を当てて陰唇を開くと、クチュッと湿った音がして中身が丸見えになった。膣口は花弁状の襞を入り組ませて息づき、ポツンとした尿道口も見え、真珠色の光沢を放つクリトリスがツンと突き立っていた。

治郎は吸い寄せられるように顔を埋め込み、柔らかな茂みに鼻を擦りつけ、隅々に籠もった汗とオシッコの匂いを貪った。

舌を這わせると、トロリとした淡い酸味のヌメリが動きを滑らかにさせ、そのまま彼は膣口からクリトリスまで舐め上げていった。

「ああ……、気持ちいいわ……」

百合子が身を弓なりに反らせて喘ぎ、内腿でムッチリと彼の両頬を挟み付けてきた。

治郎ももがく腰を抱え込み、執拗にクリトリスを舐め回しては、泉のように溢れる愛液をすすった。

さらに彼女の腰を浮かせ、逆ハート型のお尻に顔を寄せた。谷間にひっそり閉じられた薄桃色のツボミに鼻を埋め込むと、やはり汗の匂いに混じり、生々しい微香も籠もっていた。

治郎は美女の恥ずかしい匂いを充分に嗅いでから舌を這わせ、細かな襞を濡らしてからヌルッと潜り込ませた。

「く……！」

百合子が息を詰めて呻き、キュッと肛門で舌先を締め付けてきた。

治郎は滑らかな粘膜を存分に味わってから、やがて舌を割れ目に戻し、蜜を舐め取ってクリトリスに吸い付いた。

「い、入れて……」

百合子がせがむので、治郎も身を起こし、そのまま股間を進めていった。

急角度にそそり立った幹に指を添えて下向きにさせ、先端を割れ目に擦りつけてヌメリを与え、ゆっくり膣口に挿入した。

「アア……」

百合子が目を閉じて喘ぎ、ペニスはヌルヌルッと滑らかに根元まで吸い込まれていった。

治郎も幹を包む肉襞の刺激と締め付けを味わい、股間を密着させて温もりを噛み締めた。

しかし身を重ねない方がよいだろう。

彼は何度か小刻みに腰を突き動かし、高まると止めて呼吸を整えた。

「ああ……、いい気持ち……」

百合子がうっとりと喘ぎ、ヒクヒクと下腹を波打たせた。

「横向きになって……」

治郎が挿入したまま言うと、百合子もゆっくりと横を向いていった。

彼は百合子の下の脚に跨がり、上の脚を真上に伸ばさせて、両手でしがみついた。松葉くずしの体位で、股間が交差したので局部のみならず、内腿の密着感も高まった。

また何度か律動してから、さらに治郎は彼女をうつ伏せにさせていった。

百合子も素直に四つん這いになって尻を突き出し、治郎はバックから腰を抱えてピストン運動した。

「アア……、すごいわ……」

百合子もすっかり高まって喘ぎ、大量の愛液を漏らしてきた。

治郎がズンと深く突き入れると、下腹部に豊かなお尻の丸みが当たって弾み、何とも心地よかった。

体重をかけないよう注意深く覆いかぶさり、白い背中を舐め、甘い匂いの髪に顔をうずめ、さらに両脇から回した手で、たわわに実って揺れるオッパイを揉みしだいた。

しかし快感に力が抜け、のしかかりそうになったので、また彼は身を起こし、いったんペニスを引き抜いた。

「先生が上に……」

仰向けになって言うと、百合子も素直に身を起こしてきた。やはり、腹に負担がかからないのは女上位だろう。

百合子は先に屈み込み、自分の愛液にまみれたペニスにしゃぶり付いてきた。先端を舐め回し、尿道口から滲む粘液をすすり、張りつめた亀頭をスッポリと呑み込んだ。

「ああ……」

治郎は快感に喘ぎ、ヒクヒクと幹を震わせた。

百合子も根元まで含んで吸い付き、クチュクチュと舌をからめてくれた。

熱い息が股間に籠もり、ペニス全体は美人教師の生温かな唾液にまみれて高まった。

彼女も、充分に濡らしただけでスポンと口を引き離し、さらに陰囊にもしゃぶり付いてくれた。

二つの睾丸を舌で転がし、袋全体を唾液にまみれさせると、再びペニスを舐め上げ、ようやく身を起こしてきた。そのまま彼の股間に跨がり、先端を濡れた割れ目に押しつけ、位置を定めると息を詰めてゆっくり腰を沈み込ませた。

たちまちペニスはヌルヌルッと滑らかな肉襞の摩擦を受け、根元まで呑み込まれていった。

「アアッ……！」

彼女がビクッと顔を仰け反らせて喘ぎ、密着した股間をグリグリと蠢かせた。

そして上体を起こしていられなくなったように身を重ね、屈み込んで治郎の乳首を舐めてくれた。

「ああ……、気持ちいい……、嚙んで……」

喘ぎながら言うと、百合子もキュッと歯を立てて刺激してきた。

「あうう……、もっと強く……」

治郎は甘美な痛みと快感に呻き、膣内でペニスを震わせた。

そして百合子が口を離すと彼は顔を上げ、彼女のオッパイにも舌を這わせ、乳首に吸い付いていった。

　左右の乳首を交互に含んで舌で転がし、さらに腋の下にも顔を埋め、色っぽい腋毛に籠もった甘ったるい汗の匂いに酔いしれた。

　我慢できずに、彼がズンズンと股間を突き上げると、百合子も合わせて腰を遣いはじめたのだった。

2

「ああ……、いいわ、もっと強く、奥まで突いて……」

　百合子が声を上ずらせて喘ぎ、次第に互いの動きも激しくなっていった。

　下から美人教師の喘ぐ口に鼻を押しつけると、甘い刺激の花粉臭がいつになく濃厚だった。

　唇で乾いた唾液の匂いとともに息を嗅ぎ、治郎は激しく高まった。

「唾を飲みたい……」

「いっぱい出てしまうわ……」

「うん、出して……」

　治郎がせがむと、百合子が形よい唇をすぼめ、白っぽく小泡の多い唾液の固まりを続けざまにトロトロと吐き出してくれた。

舌に受けると口の中に流れ込み、治郎は生温かくネットリとした美女の唾液を味わい、飲み込んでうっとりと喉を潤した。

「まだ出る？」

「ええ……」

「じゃ顔じゅうにも……」

治郎は興奮に、股間の突き上げを速めて言った。

「アア……！」

百合子も感じて喘ぎながら、何度となく彼の顔中に唾液を吐き出し、さらに舌を這わせて塗り付けてくれた。

たちまち彼の顔は、生温かく清らかな唾液でヌルヌルにまみれた。

息は甘く、唾液はほんのり甘酸っぱい匂いを含んで鼻腔を刺激してきた。

治郎も舌をからめ、美人教師の口の中を舐め回し、口移しに唾液を飲ませてもらった。

「い、いきそう……」

「私も……」

突き上げを激しくさせて口走ると、百合子も答えてオルガスムスを身構えるように息を詰めた。

たちまち治郎は、大きな絶頂の快感に包まれながら、ありったけの熱いザーメンをドクンドクンと勢いよく膣内にほとばしらせた。

「あう……、熱いわ、いく……、アアーッ……！」

噴出と同時に百合子も昇り詰め、ガクンガクンと狂おしい痙攣を開始して声を上げた。

膣内の収縮も高まり、すでに孕んでいるのに、女体とは何と貪欲に快楽を求めるのだろうと驚くほどだった。

治郎は心地よい摩擦の中で、心ゆくまで快感を貪り、最後の一滴まで出し尽くしていった。満足して徐々に動きを弱めていくと、いつまでも膣内の収縮が繰り返され、刺激されるたびペニスがヒクヒクと過敏に上下した。

「アア……」

百合子も満足げに声を洩らして力を抜き、遠慮なく彼に体重を預けてもたれかかってきた。

治郎は彼女の喘ぐ口に鼻を押し当て、熱く甘い息を胸いっぱいに嗅ぎ、鼻腔を湿らせながら、うっとりと快感の余韻を味わったのだった。

しばし汗ばんだ肌を密着させたまま、お互いに荒い呼吸を整えた。

ようやく、百合子がノロノロと身を起こし、股間を引き離した。

「大丈夫ですか」

「ええ……、よかったわ、すごく……」

百合子は答え、立ち上がったので治郎も起き、一緒に全裸のまま風呂場へと行った。

残り湯を浴びて股間を洗い流すと、また治郎は求めてしまった。

「出してください……」

簀の子に座って言い、目の前に百合子を立たせた。そして片方の足を風呂桶のふちに乗せさせた。

妊婦のオシッコは、良質の精力剤だと何かで聞いたことがあった。

百合子もまだ興奮の余韻が醒めやらず、すぐにも応じて股を開き、下腹に力を入れて尿意を高めてくれた。

治郎は期待に胸を高鳴らせながら、彼女の腰を抱き寄せ、割れ目に顔を埋め込んでいた。洗ったので恥毛に籠もる体臭は薄れたが、新たな愛液が溢れはじめていた。

「ああ……、出る……」

百合子が声を震わせて言い、下腹を波打たせた。

舐めていると、急に味わいと温もりが変わり、彼の口にチョロチョロと温かな流れが注がれてきた。

喉に流し込むと、今日はいつになく味と匂いが濃く、妖しい刺激が胸に満ちていった。

「アア……」

百合子は放尿しながら喘ぎ、膝をガクガク震わせて彼の頭を両手で抱えた。

勢いが激しくなると、溢れたぶんが胸から腹に伝い、回復しはじめたペニスを温かく浸した。

しかしすぐにピークが過ぎ、急激に流れが治まっていった。

治郎は舌を這わせて余りのシズクをすすり、残り香を味わった。すると新たな愛液が溢れ、ヌラヌラと舌の動きを滑らかにさせた。

「も、もう……」

クリトリスを舐めると百合子が降参するように言い、腰を引いて足を下ろしてしまった。

もう一度二人で洗い流してから、身体を拭いて全裸のまま布団に戻った。

まだ、志保が戻るまで今しばらくあるだろう。もちろんペニスも、もう一回射精しないと治まらないほど回復していた。

「もう充分……、お口でもいいかしら……」

百合子が、ピンピンに屹立しているペニスを見下ろして言った。

治郎が仰向けになって身を投げ出すと、彼女も大股開きの真ん中に陣取って腹這い、股間に顔を寄せてきた。

すると彼女は、まず治郎の両脚を浮かせ、尻の谷間に舌を這わせた。

熱い鼻息で陰嚢をくすぐり、チロチロと肛門を舐め回して濡らすと、舌先をヌルッと潜り込ませてきた。

「あう……！」

治郎は妖しい快感に呻き、モグモグと味わうように肛門で美人教師の舌先を締め付けた。

百合子も充分に内部で舌を蠢かせてから引き抜き、陰嚢にしゃぶり付いた。

念入りに舐め回すと、舌先でツツーッと幹の裏側を舐め上げ、尿道口をしゃぶり、スッポリと亀頭を含んだ。

そのまま喉の奥まで呑み込み、上気した頬をすぼめて吸い付き、内部でクチュクチュと舌を蠢かせてきた。

「アア……、気持ちいい……」

治郎は根元まで温かく濡れた口腔に包まれ、唾液にまみれた肉棒を快感に震わせて喘いだ。

そして無意識にズンズンと股間を突き上げると、百合子も合わせて顔を小刻みに上下させ、濡れた口でスポスポと強烈な摩擦を繰り返してくれた。

治郎は急激に高まり、まるで美女の口とセックスしている気分で絶頂に達してしまった。

「で、出ちゃう……、ああッ……！」

彼は大きな快感に全身を貫かれて口走り、熱いザーメンを噴出させた。

「ク……、ンン……」

百合子も喉の奥にほとばしりを受けて熱く鼻を鳴らし、吸引と舌の蠢きを続行してくれた。

治郎は快感に身悶え、最後の一滴まで出し尽くし、グッタリと力を抜いた。

百合子も摩擦を止め、ペニスを含んだまま口に溜まったザーメンをゴクリと飲み込んでくれた。

嚥下とともに口腔がキュッと締まり、治郎は駄目押しの快感にピクンと幹を震わせた。

そして満足げに四肢を投げ出して荒い呼吸を繰り返すと、ようやく百合子も口を引き離し、なおも幹を握ったまま尿道口に脹らむ白濁のシズクを丁寧に舐め取ってくれた。

「ああ……、もう……」

治郎は過敏になった亀頭を震わせ、腰をよじって降参した。

百合子も舌を引っ込め、太い息を吐きながら添い寝してくれた。

治郎は腕枕してもらい、熱く甘い息を嗅ぎながら、うっとりと快感の余韻を噛み締めたのだった……。

3

「では、行ってきます」

治郎と志保は、百合子に挨拶して家を出た。

あれから昼前に志保が帰宅し、三人で軽く昼食をすませると、百合子が志保に着物を貸してくれたのだ。

さすがに志保も緊張気味に、新大津の駅まで歩いた。

「大丈夫だよ。両親とも優しいし、もう届け出をして正式な妻なんだからね」

「はい……」

気遣って言うと、志保も笑みを浮かべて答えた。

そして二人で上り電車に乗ったが、混んでいて座れなかった。

確実に妊娠しているので、あまり無理はさせたくないのだ。

横須賀中央でだいぶ降りたが、また大勢が乗ってきて、また志保を座らせることが出来なかった。

すると、一人の背広の男が席を立ってくれた。

「座りなさい」

「あ……、南部大尉……殿！」

治郎は驚いて十四郎に言い、遠慮している志保を座らせた。

言いよどんだのは、海軍式に南部大尉と呼んでしまったからだ。海軍は、階級に尊称が入っているという考えで、そのまま言えばよい。しかし陸軍では、大尉殿というのが慣習である。

ちなみに大尉は、陸軍では「タイイ」、海軍では「ダイイ」と濁って発音する。

「縁があるな」

「東京憲兵隊へお帰りですか」

治郎が言うと、憲兵という語に反応して周囲の乗客がこちらを見た。

十四郎も、横須賀憲兵隊での用事を済ませ、中央駅から乗ってきたらしい。そして座ったが、すぐ志保に気づいて譲ってくれたのである。

「明後日の出航が決まりました」

「そうか、いよいよだな」

「はい。南部大尉殿もお元気で」

治郎は、短い縁だったが十四郎に頭を下げて言った。

「貴様は、戦局をどう見る」

十四郎が吊革に摑まりながら、声を潜めて訊いてきた。

「は、下っ端なので詳しくは分かりませんし、新聞にもあまり書かれていませんが、どこも苦戦を強いられているように感じます」

「うん、忌憚《きたん》ない考えを聞く。いつまで持つと思う」

十四郎が鋭い目を向けて言った。

しかし、見かけよりも柔軟な頭脳を持っているように感じられたので、治郎も正直に答えた。ましてや南方に行く身だから、いきなり今日逮捕されるようなことはないだろう。

「来年八月半ば」

「そうか……、どういう情報だ?」

「夢のお告げです」

「なに……?」

十四郎は彼を睨み付けたが、治郎が真剣な眼差しなので、さらに促した。

「続けてくれ」

「米軍が新型爆弾を製造しています。一発で都会が焼け野原になるような」

「夢のお告げでは、どこへ落とす」

「広島と長崎」

「それから」

「その前に、三月に東京の大空襲が」

「なに、海軍の迎撃戦闘機は役に立たんのか」

「敵の爆撃機、B－29の高高度まで上がれる戦闘機はありません」

「ううむ……、どうしたらいい」

「東京下町から、より多くを避難疎開させるしか」

こんな話題を憲兵将校に話した人間は、恐らく他に皆無だろう。

やがて横浜に着くと、だいぶ空いたので、治郎と十四郎も座った。

あとは十四郎も無言で腕を組んでしまった。

そして品川に着いたので、治郎と志保は立ち上がった。

「ではこれで」

「ああ、武運を」

言って海軍式の敬礼をすると、十四郎も二人を見て頷いた。

電車を降りて十四郎を見送ると、二人は階段を降りて駅を出た。

そこで、志保は駅のトイレに入った。

はじめて行く夫の実家で、いきなりトイレを借りるわけにもゆかず、相当緊張もピークに達しているのだろう。

志保が出てくると二人は少し歩き、彼の実家へと行った。

住所は、平成の現在も治郎や竜一郎、二郎が住んでいる場所だが、さすがに建て替えているので、治郎の知らないこぢんまりした家だった。

玄関を開けて声を掛けると、すぐに両親が出てきた。

治郎からしてみれば曾祖父母で、彼が生まれる前に他界しているから初対面だった。

二郎の父親は、区の役人をしていた。

横須賀へ行く前に寄ったのだから、それほど久しぶりではないようだが、何しろ嫁を連れているから二人とも満面の笑みで迎えてくれた。

まあ、横須賀と品川の距離だから、他の隊員たちよりずっと恵まれているのである。

二郎と志保は上がり込み、まずは仏間へ行って先祖に手を合わせ、入籍の報告をした。

母親は甲斐甲斐しく料理の仕度をし、父親も酒を出して注ぎはじめた。

志保も襷《たすき》を掛けて台所で手伝い、あり合わせのものだが料理が出されてきた。

立て替えは、竜一郎の結婚前だから、復員した二郎はこの家に帰ってきて、竜一郎も青春時代をこの家で送ったのだ。

「明後日出航しますが、必ず一年半ばかりで帰ってきますのでご安心を」

治郎は、両親に言った。

「一年半、なぜ？」

「そうなっているのです。絶対に死なずに帰るので、心配せずお待ち下さい」

「そんなに明るくはっきり言われると、本当にそんな気がしてきたな」

父が笑って言った。

志保も徐々に打ち解け、やがて早めの夕食を終えると順々に風呂に入り、部屋で休むことにした。

今夜はここに泊まるが、何しろ小さな家だし緊張も残っているので志保もセックスする気はないようだった。

並んで布団に横になり、二人で暗い天井を見ながら話した。

「この家で、男の子を育ててくれ。さっき言ったように、必ず一年半で戻る」

「はい、でもなぜ先のことばかり分かるのですか。電車の中でも憲兵さんと」

「ああ、分かってしまうのだ」

「で、男の子なのですね？」

「そうだ」

「名前は？」

「いや、志保が決めていい」

「何にしましょう。明後日の出航の輸送船は？」

「竜神丸だ」

「では、竜の字をつけましょうか。竜一郎とか」

「ああ、それでいい」

治郎も、父の名がすんなり決まったので驚いていた。

「とにかく来年七月十八日、横須賀の町に出てはいけない。何なら、言っておくから、すぐにもここへ住んで構わない」

「はい、いろいろ相談してみます。日付のことも、すっかり肝に銘じました」

志保は答えた。

歴史上では、志保は横須賀にとどまり、舞鶴から母親が手伝いに戻ってきたので、前からある深田台の家に住み、近所の病院で出産するのだ。

そして産後の肥立ちもよいので、品川へ移り、たまたま七月のその日、志保は竜一郎を二郎の両親に預け、梅子に会いに横須賀へ来ていたのである。

やがて二人は、その夜は触れることなく眠ってしまった。

翌朝、起きて顔を洗い、朝食をすませると、二郎と志保は横須賀へ帰ることにした。

「来年、志保に子が出来たらここへ住むのでよろしく。僕が帰るのは再来年の春になるから」

「ええ、分かりました」

言うと、母親が笑って答えた。

二人は杉井家を辞し、また電車に乗って横須賀へ戻ってきた。

一緒に新大津まで行って、志保を百合子の家まで送り届けた。

「今夜は、横須賀のホテルに泊まってきなさい。そうしたら明日のお見送りもすぐ近くでしょう」

百合子が言ってくれ、治郎もその気になった。やはり最後の晩は新妻と過ごしたい。

そこで治郎は、挨拶だけで引き返すことにした。ホテルから直接港へ行くとなれば、部隊にある荷物も運んでおきたかったのだ。

「では、今夜七時にホテルで」

治郎は志保に言い、百合子の家を辞した。

そして新大津駅に向かっていると、何とそこで真知子と比呂子にばったり行き合ったのである。

4

「まあ、治郎さん。出航が決まったのですね。梅子から聞きました」

真知子が言う。二人とも、もう授業もなく畑仕事も一段落したので早めに帰るところらしかった。

「ええ、明日の昼です。二人にもお世話になりました」

「待って。お名残惜しいわ。家に来て。誰もいないの」

挙手して別れようとした治郎を引き留め、真知子が言って手を引かんばかりに歩きはじめた。

どうやら家は近所らしい。そして比呂子も一緒についてきた。

少し歩くと、なかなか大きな家があった。両親とも、海軍工廠で働き、昼間は誰もいないようだった。

鍵を開けて中に入ると、すぐにも真知子が布団を敷きはじめたではないか。

やはり名残惜しいというのは、もう一回快楽を味わいたいということだったようだ。

それに真知子と比呂子は大の仲良しらしく、今回も二人いっぺんにすることにも抵抗がないようだった。治郎も、昨夜志保としていないので激しく勃起してしまい、服を脱ぎはじめていった。

二人もセーラー服とモンペを脱ぎ去り、ためらいなく下着まで脱いでたちまち一糸まとわぬ姿になってしまった。

甘ったるい汗の匂いが二人分部屋に立ち籠め、その刺激が悩ましくペニスに伝わってきた。

「ね、また足を乗せて」

治郎は仰向けになり、勃起したペニスを震わせて言った。

「また？　足が好きなんですか？」

「足もどこも、全部好きだし、心に焼き付けておきたいんだよ」

治郎が答えると、二人は全裸で立ったまま彼の顔の左右に立ち、身体を支え合いながらそろそろと足裏を乗せてきた。

生温かな感触に、治郎はうっとりしながら二人の踵や土踏まずに舌を這わせていった。

「あん、くすぐったいわ……」

比呂子が言い、二人とも興奮に息を弾ませはじめた。

治郎はそれぞれの指の間に鼻を押しつけて嗅ぎ、汗と脂に湿ってムレムレになった匂いを貪った。

そして爪先にしゃぶり付き、順々に指の股を舐めてから、二人に足を交代してもらった。

両足とも、新鮮な味と匂いを堪能すると、

「跨いで、しゃがんで」

治郎は言い、先に長身の真知子から跨がってきた。

しゃがみ込むと、内腿と脹ら脛がムッチリと張り詰め、湿り気の籠もる股間が彼の鼻先に迫ってきた。

腰を抱き寄せて茂みに鼻を埋めると、甘ったるい汗の匂いが濃厚に籠もり、擦りつけると微かな残尿臭も鼻腔を刺激した。

舌を這わせると、陰唇には汗か残尿の味わいがあったが、奥に潜り込ませるとトロリとした淡い酸味の蜜が感じられた。

息づく膣口の襞をクチュクチュ舐め回し、ツンと突き立ったクリトリスまで舐め上げていくと、

「アアッ……、いい気持ち……」

真知子が熱く喘ぎ、さらに生温かな愛液を漏らしてきた。

治郎は美少女の味と匂いを貪ってから、白く丸いお尻の下に潜り込み、顔中に丸い双丘を受け止めながら、ツボミに鼻を埋め込んで嗅いだ。

秘めやかな微香を吸い込んでから、舌先でチロチロとくすぐるように舐め回しヌルッと潜り込ませた。

「く……！」

真知子が息を詰めて呻き、キュッと肛門で舌を締め付けてきた。

治郎は滑らかな粘膜を味わい、やがて舌を引き抜いて再びクリトリスに吸い付いた。

「もう交代よ……」

比呂子が言い、真知子が身を離すとすぐに跨がってきた。

ぽっちゃり型の比呂子は、真知子より甘ったるい汗の匂いが濃く、オシッコの匂いも可愛らしかった。

治郎は若草に籠もった体臭を胸いっぱいに嗅ぎ、同じように割れ目に舌を這わせた。

すると真知子が移動し、屹立したペニスにしゃぶり付いてきたのだ。

「あう……」

治郎は唐突な快感に呻き、股間に真知子の息を受けながら、生温かく濡れた口の中で、唾液に濡れた幹をヒクヒク震わせた。

そして比呂子の割れ目を充分に舐め、クリトリスを吸ってから、豊かなお尻の谷間に鼻を埋め込んでいった。微香を嗅ぎ、肛門の襞を舐め回して舌を潜り込ませた。

「アア……、いい気持ち……」

比呂子が喘ぎ、やがて股間を押しつけたまま身を反転させて屈み込み、真知子と一緒にペニスにしゃぶり付いてくれた。

混じり合った熱い息が股間に籠もり、二人分の舌が亀頭を舐め回し、ミックスされた唾液が滴ってペニスや陰嚢を生温かく濡らした。

やがて真知子が身を起こしてペニスに跨がり、先端を膣口にあてがいゆっくり座り込んできた。

比呂子も身を離して見守った。

「ああ……!」

ヌルヌルッと根元まで受け入れると、真知子が顔を仰け反らせて喘いだ。

ペタリと座り込んで股間を密着し、味わうようにキュッキュッと締め付けると治郎自身も内部でヒクヒクと震えた。

もう痛みも和らぎ、一体となった充足感に包まれているようだが、やはりオルガスムスには至らないようだ。

真知子は少し動いただけで満足し、引き抜いて添い寝してきた。

続いて比呂子が跨がり、真知子の愛液に濡れたペニスをヌルヌルッと一気に受け入れて座り込んだ。

「アア……、いいわ……!」

比呂子はすっかり快感を覚え、喘ぎながらグリグリと股間を擦りつけた。

そして身を重ねてきたので、治郎が顔を上げて乳首に吸い付くと、横から真知子も柔らかなオッパイを割り込ませてきた。

治郎は二人の清らかな乳首を順々に含んでは舌で転がし、顔じゅうで柔らかな膨らみを味わった。

もちろん腋の下にも鼻を押しつけ、和毛に籠もった生ぬるく甘ったるい汗の匂いを嗅ぎ、その熱気と湿り気に噎せ返った。

徐々に股間を突き上げると、比呂子も腰を遣って応えた。

大量に溢れる愛液が動きを滑らかにさせ、クチュクチュと湿った摩擦音も響いてきた。

「ここ舐めて……」

治郎が言いながら胸を指すと、美少女たちは彼の胸に顔を寄せ、左右の乳首を舐めてくれた。

「ああ、いい気持ち……、噛んで……」

熱い息を肌に受け、滑らかな舌に悶えながら言うと、二人も健康的な歯でキュッと乳首を噛んでくれた。

「あうう……、もっと強く……」

治郎は甘美な刺激に呻きながら、突き上げを速めていった。

そして彼は、ジワジワと高まりながら比呂子の顔を引き寄せ、唇を重ねた。

ぷっくりした弾力と唾液の湿り気が伝わり、甘酸っぱい果実臭の息が悩ましく鼻腔を刺激してきた。

すると、やはり真知子も唇を割り込ませ、可愛らしい息の匂いを弾ませて舌を挿し入れてきた。

仲良しの二人は、互いの舌が触れ合っても全く気にならないのか、競い合うように治郎の口の中を舐め回した。

それぞれの舌が滑らかに蠢き、混じり合った唾液がトロトロと彼の口に流れ込んだ。

「もっと唾を垂らして……」

唇を触れ合わせたまま言うと、二人も懸命に大量の唾液を分泌させ、グジューッと彼の口に吐き出してくれた。

「ああ……」

治郎は美酒に酔いしれたように喘ぎ、生温かく小泡の多いミックス唾液を味わい、飲み込んで心地よく喉を潤した。

「顔にもペッて吐きかけて」

「そんな、出征する方に出来ないわ……」

二人は驚いて目を丸くした。

「どうか、女学生たちの唾で清められて思い出にしたいから」

治郎が懇願すると、美少女たちは一瞬目を見合わせて意を決したようだ。

そして二人とも形よい唇をすぼめて唾液を溜め、大きく息を吸い込んでからペッと吐きかけてくれたのだった。

5

「アア……、気持ちいい……」

治郎は、顔じゅうに生温かな粘液と果実臭の息を受けて喘いだ。

「舐めて……」

言うと、さらに真知子と比呂子は彼の頬や耳の穴、瞼まで舐め回して、清らかな唾液でヌルヌルにまみれさせてくれた。

「ああ……、いい気持ち……、溶けてしまいそう……」

その間も律動を続けていたから、比呂子が息を弾ませて呻き、腰の動きを激しくさせてきた。

「大きく口を開いて、いっぱい息を嗅がせて」

「恥ずかしいわ……」

せがむと、彼女たちはためらいながらも、引き寄せられるまま可愛い口を開き、治郎の鼻に押し当てて熱い息を吐き出してくれた。

微妙に異なる果実臭が、それぞれ左右の鼻の穴から侵入し、内部で悩ましく混じり合った。

「い、いく……!」

彼は、美少女たちの甘酸っぱい唾液と吐息の匂いで胸を満たしながら口走り、そのまま昇り詰めてしまった。

ぶつけるように股間を突き上げながら、熱い大量のザーメンがドクンドクンと勢いよくほとばしり、柔肉の深い部分を直撃した。

「あ、熱い……、気持ちいいッ……!」

噴出を受けた比呂子も声を上ずらせて口走り、そのままガクンガクンと狂おしい痙攣を起こしはじめた。どうやら、本格的にオルガスムスに達してしまったようだった。

治郎は膣内の収縮の中、心ゆくまで摩擦快感を味わい、最後の一滴まで出し尽くした。

徐々に突き上げを弱めていくと、

「アア……」

比呂子も満足げに声を洩らし、強ばりを解いて彼に体重を預けてきた。

まだ膣内の収縮が繰り返され、射精直後のペニスはヒクヒクと過敏に内部で跳ね上がった。

やがて治郎は完全に力を抜き、上からと横からの、二人分の温もりを味わい、混じり合った甘酸っぱい吐息を嗅ぎながら、うっとりと快感の余韻を嚙み締めたのだった……。

——三人で風呂場に行き、残り湯で身体を洗い流した。

もちろん治郎は、例の衝動に駆られ、木の椅子にかけながら二人を左右に立たせた。

「ここを跨いで」

二人の左右の肩を跨がせ、股間を顔に向けさせた。

真知子と比呂子も素直に従い、彼はそれぞれの濡れた恥毛に鼻を埋めた。

やはり大部分の体臭は薄れてしまったが、舐めると新たな愛液がヌラヌラと湧き出してきた。

「オシッコを出して」

「ええっ……、そんな、どうして……」

「飲んでみたい。南方は水不足だろうからね、二人の味を思い出したいんだ」

何かと戦地にかこつけて言うと、二人も納得するしかないようだった。

「いいのかしら、本当に……」

「恥ずかしいから、二人一緒に……」

二人は上の方でヒソヒソと囁き合い、やがて下腹に力を入れて尿意を高めはじめてくれた。

左右の割れ目を交互に舐めていると、次第に柔肉が迫り出すように丸みを帯びて、どちらも温もりと味わいが変わってきた。

「あん、出ちゃう……」

「罰が当たりませんように……」

二人は言いながら、ポタポタと温かなシズクを滴らせはじめた。

舌に受けると、すぐにそれはチョロチョロとした一条の流れになり、緩やかな放物線を描きながら彼の舌や頬に注がれてきた。

やはり男と違って筒がないから、流れは主流以外に拡散して、ムッチリした内腿にも伝い流れていった。

左右に顔を向けて飲み込むと、比呂子の方は淡い味と匂いで、実に心地よく喉を通過した。真知子の方は味がやや濃く、飲み込むときの微かな抵抗感も興奮になった。

「ああ……、こんなことするなんて……」

二人は上で肩を支え合いながら声を震わせ、やがて放尿を終えた。

治郎は割れ目を舐め回し、余りのシズクをすすった。

交互にクリトリスを舐めると、やがて二人は立っていられないほどガクガクと膝を震わせ、とうとうクタクタと座り込んでしまった。

治郎は抱き留め、やがて呼吸を整えると三人で身体を流し、風呂場を出たのだった。

すっかりペニスも回復しているが、そろそろ戻った方がよいだろう。

治郎は身繕いをし、やがて真知子の家を出た。

そして新大津から追浜へ行き、航空隊に戻り荷物の整理をした。

荷物といっても、僅かな着替えと飛行服と靴の一式だけで、軍刀などは持っていない。

それらを一つの信玄袋に詰め込むと、彼は世話係だった辻大尉に挨拶をして航空隊を出た。

はまゆうも、最後だから寄ることにした。

「コーヒーを下さい」

「いよいよ明日ね」

言うと、奈津が少々寂しげに言いながらコーヒーを淹れてくれた。

カウンターに座って帽子を脱ぎ、治郎は熱いコーヒーをすすった。

そして財布から一円札を二枚出した。これがほぼ全財産だ。

「これを、どうか」

「そんな、コーヒーは二十銭よ」

「僕がいない間、身重の志保が何かとお世話になると思いますので」

「身重って、確実なの……？」

「ええ、一撃で命中のはずです」

治郎が笑って言うと、奈津も少し迷い、やがて頷いて金を受け取ってくれた。

「今夜は？」

「横須賀ホテルに、志保と」

「そう……、梅子も寂しがるわね……。言ってみれば、二郎さんが初恋の人だったから」

「え……？」

奈津に言われ、治郎は驚いて聞き返した。

梅子は何も言わないし、何も知らずに抱いてしまったが、彼女は二郎に密かな思いを抱いていたようだった。

「そうですか……」

「ううん、でも二郎さんが、梅子の一番の仲良しの志保さんと一緒になったのだから、心から祝っていたわ」

「梅子さんは？」

「今夜は、百合子先生の家に泊めてもらって、明日、百合子先生と一緒に港へお見送りに行くはずだわ」

奈津が言ってカウンターから出て、店仕舞いを始めた。

「私も、あと一回だけ思いを叶えて欲しいわ。いい……？」

「はい」

治郎は答え、コーヒーを飲み干して立ち上がった。

そして一緒に二階へ上がり、初体験をした懐かしい部屋を見回した。

はまゆうが、戦後どうなったのか分からない。

二郎の記憶にないということは、梅子の卒業を待って母娘で疎開してしまったのかも知れない。

奈津が、布団を敷き延べて脱ぎはじめた。

治郎も手早く全裸になり、自分にとって初めての美女の前で仰向けになった。

すると、やはり一糸まとわぬ姿になった奈津が屈み込み、真っ先にペニスにしゃぶり付いてきた。

「ああ……」

治郎は快感に喘ぎ、股間に美女の熱い息を籠もらせて身悶えた。

奈津は舌先で先端を舐め回し、尿道口から滲む粘液をすすってから、スッポリと根元まで呑み込んでいった。

治郎は温かく濡れた口の中で、唾液にまみれたペニスをヒクヒク震わせた。

「も、もういい。今度は僕が……」

治郎は急激に絶頂を迫らせ、腰をくねらせて言うと、奈津もスポンと口を引き離してくれた。

身を起こすと、奈津は入れ替わりに仰向けになり、白い熟れ肌を晒した。

治郎は屈み込み、豊かな乳房に顔を埋め込み、柔らかな感触と温もりを味わいながら、コリコリと硬くなった乳首を舌で転がしはじめた。

第六章　最後の甘い蜜

1

「ああ……、いい気持ち……、もっと吸って……」

　奈津がうねうねと身悶えて喘ぎ、治郎も両の乳首を交互に含んで舐め回した。

　もちろん腋の下にも鼻を擦りつけ、腋毛の隅々に籠もった甘ったるいミルクのような汗の匂いを貪った。

　そして滑らかな熟れ肌を舐め下り、弾力ある腹部に顔を押しつけてお臍を舐め回し、張りのある下腹から豊満な腰、ムッチリとした太腿へと舌でたどっていった。

　脚を舐め下り、色っぽい臑毛に頬ずりをして足首まで行き、足裏にも舌を這わせた。指の股に鼻を割り込ませ、汗と脂に湿って蒸れた匂いを嗅ぎ、爪先にしゃぶり付いた。

「アア……」

指の間に舌を潜り込ませて味わうと、奈津が熱く喘ぎ、爪先でキュッと彼の舌を挟み付けてきた。

治郎は隅々まで味わい、もう片方の足も全て味と匂いを貪り尽くした。

脚の内側を舐め上げ、両膝の間に顔を割り込ませると、彼女も期待に息を弾ませて大股開きになってくれた。

白い内腿を舐め、熱気の籠もる割れ目に迫ると、すでに白っぽく濁った本気汁が溢れはじめていた。

茂みに鼻を埋め込み、隅々に籠もった汗とオシッコの匂いを嗅いで鼻腔を満たし、舌を這わせるとヌルッとした淡い酸味のヌメリが迎えた。

治郎は豊満な腰を抱え、陰唇の内側に舌を挿し入れていった。

梅子が出てきた膣口の襞をクチュクチュと掻き回し、滑らかな柔肉をたどり、突き立ったクリトリスまで舐め上げると、

「ああ……、気持ちいいわ……」

奈津がうっとりと喘ぎ、新たな蜜を漏らしながら内腿でキュッと彼の顔を挟み

付けてきた。

治郎も執拗にクリトリスを吸い、舌先で弾き、さらに腰を浮かせて豊かなお尻の谷間にも迫っていった。薄桃色のツボミに鼻を埋め込み、顔じゅうに双丘の丸みを感じながら、秘めやかな微香を嗅いだ。

舌を這わせると細かな襞の震えが伝わり、ヌルッと潜り込ませて滑らかな粘膜も味わうと、

「あう……！」

奈津も、すっかり慣れたようにキュッと肛門を締め付けて呻いた。

治郎は舌を出し入れさせるように動かし、再び割れ目に舌を戻して新たなヌメリをすすり、クリトリスを舐め回した。

「いきそう……、お願い、入れて……」

奈津が腰をくねらせてせがむと、治郎も身を起こし、股間を進めた。

先端を濡れた割れ目に擦りつけて潤いを与え、位置を定めるとゆっくり挿入していった。

勃起したペニスは、ヌルヌルッと滑らかに根元まで吸い込まれ、治郎はピッタリと股間を密着させると、温もりと感触を噛み締めながら脚を伸ばし、身を重ね

ていった。

胸で巨乳を押しつぶすと心地よく弾み、奈津も下から両手を回してしがみついてきた。

治郎は彼女の首筋を舐め上げながら、徐々に腰を突き動かしはじめた。

奈津も股間を突き上げ、次第に互いの動きが一致して、クチュクチュと淫らな摩擦音が聞こえてきた。

「アア……、もっと突いて、強く奥まで……」

奈津が喘ぎ、治郎も彼女のかぐわしい口に鼻を押しつけ、甘い白粉臭の息を嗅ぎながら高まっていった。

彼女が顔を移動させ、唇を求めてきたので治郎も重ね、舌を挿し入れてネットリとからみつかせた。

「ンン……」

奈津は熱く呻き、彼の舌に吸い付きながら突き上げを速めた。

治郎も生温かくトロリとした唾液をすすり、絶頂を迫らせていった。

「い、いく……！」

たちまち治郎は大きな快感の渦に巻き込まれ、口走りながら熱い大量のザーメンを勢いよく内部にほとばしらせた。

「き、気持ちいい……、ああーッ……！」

噴出を受けると、奈津もオルガスムスに達して喘ぎ、彼を乗せたままブリッジするようにガクガクと身を弓なりに反らせた。

膣内も艶めかしい収縮を繰り返し、治郎も心置きなく快感を貪り、最後の一滴まで出し尽くした。

徐々に動きを弱めていくと、

「アア……」

奈津も満足げに声を洩らし、ゆっくりと熟れ肌の強ばりを解いていった。

身を重ねて荒い呼吸を繰り返すと、膣内の締め付けはまだ続き、刺激されるたびペニスがヒクヒクと過敏に跳ね上がった。

治郎は彼女にもたれかかり、熱く甘い息の弾む口に鼻を押しつけ、うっとりと嗅ぎながら余韻を味わった。

「どうか、身体に気をつけるのですよ……」

「はい、有難うございます」

奈津が頭を撫でてくれながら言い、治郎も感謝を込めて答えたのだった。

やがて身を離すと、奈津も呼吸を整えて身を起こし、チリ紙で互いの股間を処理してくれた。

「じゃ、行きますね」

治郎が言って軍服を着ると、奈津も急いで身繕いをして階下まで見送りに来てくれた。

彼は帽子をかぶって奈津に敬礼し、信玄袋を担いではまゆうを出たのだった。

やがて追浜から電車に乗って一駅、汐留《しおどめ》で降りた。

この駅は国鉄の横須賀駅に近く、すぐ前に海が広がっている。海兵団の門があり、さらに少し歩くと鎮守府の正門、さらに水交社（将校クラブ）や下士官兵集会所などがあった。

この汐留駅は、以前は横須賀軍港駅と名付けられていたが、軍の施設が駅名というのは防諜上よろしくないということで、昭和十五年に改称された（現在は、京浜急行汐入《しおいり》駅）。

とにかく、横須賀駅周辺は帝国海軍の町なのである。

ホテルも近くにあり、やはり出航を見送る人たちが多く滞在していた。

治郎はホテルに入ってチェックインし、二階の部屋に入った。

そして信玄袋を置いて服を脱ぎ、シャワーを浴びて奈津との情事のあとを消し去った。

まだ、志保が来るまで時間があるので、フロントから到着を知らされるまでベッドに横になり、少し眠ったのだった。

2

「風呂は、後回しでも構わないかい？」

「はい、二郎さんがお望みの通りに……」

レストランで夕食を終え、部屋に戻ると治郎は志保に言い、彼女もほんのり頬を染めて答えた。

この新妻をもって、女の抱き納めだった。次は、復員してくる一年半後を待つしかない。

やがて二人は全て脱ぎ去り、互いに一糸まとわぬ姿になった。

治郎は、志保をベッドに仰向けにさせ、また例により足裏から舐めはじめてしまった。

どうしても、隅から隅まで全てを味わいたく、最後に唇を奪いたいので、結局足からになってしまうのである。

舌を這わせ、指の股に鼻を押しつけて嗅ぐと、やはり汗と脂に生温かく湿り、ムレムレの匂いが濃く沁み付いていた。

治郎は新妻の足の匂いを心ゆくまで嗅ぎ、爪先にしゃぶり付いた。

「ああ……」

指の股を舐められ、志保がビクッと足を震わせて喘いだ。

治郎は全て味わい、もう片方の足も心ゆくまでしゃぶり尽くし、志保をうつ伏せにさせた。

踵からアキレス腱、脹ら脛から汗ばんだヒカガミを舐め上げ、ムッチリした白い太腿からお尻の丸みを舌でたどっていった。

腰から背中を舐めると汗の味が感じられ、肩まで行く間にも彼女はヒクヒクと肌を震わせて悶えた。

腰も背中も、相当に感じるようだった。

うなじを舐め、黒髪に顔を埋めて甘い匂いを嗅ぎ、耳の裏側も嗅いだり舐めたりしてから再び背中を舐め下りていった。

ビクッと感じると、その部分を念入りに舐め回し、脇腹にも寄り道し、たまに軽く歯を当てて若々しい肌の張りと弾力を味わった。

再びお尻に戻ってくると、彼は志保を俯《うつぶ》せのまま大股開きにさせ、真ん中に腹這い、両の親指でグイッと谷間を開いた。

可憐な薄桃色のツボミがキュッと閉じられ、双丘を広げながら鼻を埋め込むと、やはり淡い汗の匂いに混じって秘めやかな微香が可愛らしく籠もり、鼻腔を刺激してきた。

治郎は匂いを貪り、舌先でくすぐるようにチロチロ舐めて濡らし、ヌルッと舌先を潜り込ませていった。

「く……」

志保が顔を伏せたまま呻き、キュッと肛門で舌先を締め付けてきた。

治郎は内部で舌を蠢かせ、充分に粘膜を味わってから舌を引き離し、再び彼女を仰向けにさせていった。

片方の脚をくぐり抜け、開いた股間に顔を寄せると熱気が感じられた。

若草の下の方は愛液のシズクを宿してキラキラと光り、割れ目からはみ出した陰唇は興奮に色づき、僅かに覗いた柔肉もヌメヌメと潤っていた。

指で広げ、息づく膣口と光沢あるクリトリスを眺めてから、彼は顔を埋め込んでいった。

若草に鼻を擦りつけて嗅ぐと、甘ったるい汗の匂いに、ほのかな残尿臭の刺激が悩ましく鼻腔に沁み込んできた。

治郎は胸に刻むように何度も深呼吸して嗅ぎ、舌を這わせていった。

トロリとした淡い酸味のヌメリが舌の動きを滑らかにさせ、彼は膣口の襞を掻き回し、クリトリスまで舐め上げていった。

「ああッ……！」

志保がビクッと顔を仰け反らせて喘ぎ、内腿でキュッと彼の両頬を挟み付けてきた。

治郎は腰を抱えて執拗にクリトリスを舐め、溢れる愛液をすすった。

「も、もう堪忍……」

志保が降参するように言い、彼も味と匂いを記憶に刻みつけてから顔を上げ、股間を離れて添い寝していった。

仰向けになると、治郎は彼女の顔を下方へ押しやった。

受け身になると、志保は彼の左右の乳首を舐め、チュッと吸い付いてから軽く歯を立て、素直にペニスまで下降していった。

熱い息が股間に籠もり、先端にチロチロと舌が這い回った。

志保は尿道口から滲む粘液を舐め取ると、幹を舌でたどり、陰囊を舐め回してきた。

「ああ……」

治郎が快感に喘ぐと、志保も熱を込めて二つの睾丸を舌で転がし、さらに脚を浮かせて肛門も舐めてくれた。

「あう……！」

ヌルッと舌先が潜り込むと、治郎は呻き、キュッキュッと志保の舌先を肛門で締め付けた。

やがて志保は舌を引き抜いて彼の脚を下ろし、再びペニスの裏側を舐め上げ、今度は丸く開いた口でスッポリと根元まで呑み込んできた。

治郎は温かく濡れた口腔で、唾液にまみれたペニスをヒクヒク震わせて快感を嚙み締めた。

志保も上気した頰をすぼめて吸い付き、クチュクチュと舌をからめ、顔を小刻みに上下させてスポスポと強烈な摩擦を繰り返してくれた。

「ああ……、上から入れて……」

絶頂を迫らせた彼が言うと、志保もチュパッと軽やかな音を立てて口を離し、すぐにも身を起こしてきた。

治郎の股間に跨がり、自らの唾液に濡れた先端に割れ目を押しつけてきた。

位置を定めると、息を詰めてゆっくり腰を沈み込ませ、ヌルヌルッと滑らかに呑み込んでいった。

「アアッ……！」

志保が顔を仰け反らせて喘ぎ、やがて根元まで受け入れて座り込み、ピッタリと股間を密着させてきた。

治郎も肉襞の摩擦と潤い、熱いほどの温もりと締め付けに包まれ、快感を嚙み締めた。そして幹を震わせながら感触を味わい、両手を伸ばして志保を抱き寄せていった。

覆いかぶさる志保のオッパイに下から顔を押しつけ、柔らかな感触を味わいながらチュッと乳首に吸い付いた。

舌で転がし、もう片方も含んで舐め回すと、

「ああ……、いい気持ち……」

志保がうっとりと喘ぎ、甘ったるい汗の匂いを揺らめかせた。

治郎は、さらに彼女の腋の下にも顔を埋め込み、汗に湿った和毛に籠もる生ぬるい体臭で鼻腔を満たし、両手でしがみついた。

徐々に股間を突き上げると、溢れる蜜が動きを滑らかにさせ、ピチャクチャと湿った摩擦音が響いた。

志保も突き上げに合わせて腰を遣い、お互い徐々にリズミカルな動きになっていった。

治郎は絶頂を迫らせながら、下から志保の唇を求めた。

彼女も上からピッタリと重ね合わせてくれたので、治郎は舌を挿し入れ、滑らかな歯並びを舐め、歯茎まで味わってから奥に挿し入れた。

「ンン……」

志保は熱く鼻を鳴らし、チロチロと舌をからめてくれた。

治郎は甘酸っぱい息の匂いに酔いしれ、生温かくトロリとした舌を味わいながら、清らかな唾液をすすった。

そして股間を突き上げるうち、たちまち彼は大きな絶頂の渦に巻き込まれてしまった。

「く……！」

突き上がる快感に呻きながら、ありったけの熱いザーメンをドクンドクンと勢いよく内部にほとばしらせると、

「き、気持ちいい……、ああーッ……！」

噴出を感じた志保も、オルガスムスのスイッチが入ったように声を上ずらせ、ガクンガクンと狂おしい痙攣を開始した。

治郎は艶めかしい収縮を繰り返す膣内に、最後の一滴まで出し尽くし、心ゆくまで快感を噛み締めてから徐々に突き上げを弱めていった。

完全に力を抜くと、志保も精根尽き果てたようにグッタリともたれかかり、なおもキュッキュッと膣内を収縮させていた。

治郎は彼女の温もりと重みを感じ、果実臭の息を間近に嗅ぎながら、うっとりと快感の余韻を噛み締めたのだった……。

――バスルームに入り、ようやく志保は全身を洗い流してほっとしたようだ。

最後と思うと、治郎も座り込んで、目の前に志保を立たせて割れ目に顔を寄せて求めた。

「出して……」

言うと、志保も懸命に下腹に力を入れて尿意を高めてくれた。

蠢く柔肉を舐めると、たちまち温かな流れが軽やかにほとばしってきた。

口に受け、淡い味と匂いを嚙み締めながら彼は喉に流し込んだ。

「ああ……」

志保は喘ぎ、立っていられないほどガクガクと膝を震わせた。

すぐに流れは治まり、治郎は舌を這わせて余りのシズクをすすり、残り香に酔いしれた。

やがて彼女はしゃがみ込み、荒い呼吸を繰り返しながら、もう一度身体を洗い流した。

そして身体を拭いてベッドに戻ると、二人は素直に寝ることにした。

二人ともなかなか寝つけず、少し会話を交わしていたが、やがて治郎は深い眠りに就いてしまった。

それでも明け方早くに目が覚めると、隣で志保が軽やかな寝息を立てていた。

治郎は、朝立ちの勢いも手伝い、名残惜しくてもう一回だけ抜いておきたくなった。

布団を剝いで勃起したペニスを引っ張り出すと、その気配で志保も目を覚ましてしまった。

「あ、お目覚めですか……」

「うん、まだ寝ていていいよ。勝手に出すから」

「お疲れになりませんか……」

志保は言いながらも、治郎が求めるまま優しく腕枕してくれた。

彼は自分でペニスをしごき、志保の口に鼻を押しつけ、寝起きですっかり濃くなった果実臭を嗅いで高まった。

志保も惜しみなくかぐわしい息を吐きかけてくれ、さらに彼の鼻の頭をヌラヌラと舐め回してくれた。

「い、いく……！」

すると、彼女の唾液と吐息の匂いや舌のヌメリに、あっという間に絶頂に見舞われ、治郎は勢いよく射精してしまった。

志保が急いでチリ紙を手にし、彼の股間に当ててくれた。

治郎は快感にヒクヒクと身を震わせながら、志保の匂いを胸の奥深くに刻みつけたのだった。

何だか、自分で処理するのは、ずいぶんと久しぶりのような気がした。

3

「二郎さん、行ってらっしゃい！」

昼前に治郎と志保が港に行くと、多くの見送りの人たちの間から、梅子が出てきて言った。

百合子も、奈津もいた。さらに真知子と比呂子、二郎の両親まで来ているではないか。

梅子は、泣きそうになるのを懸命に堪えて笑顔を向けていた。

この、最も愛くるしい笑窪のお下げ髪の美少女を、もっと多く抱いておけばよかったと治郎は思った。

志保とは一年半待てば、これからも長く暮らせるのである。しかし梅子とはこれきりだろう。

「皆様、お世話になりました。では行って参ります」

治郎はみなに言い、敬礼をした。

「ええ、お元気で。では、私たちのお見送りはこれでおしまい。あとは志保と話して」

梅子が健気に言って、治郎と志保を押しやった。

治郎も、素直に志保と輸送船、竜神丸の方へと向かっていった。

大きな輸送船には、すでに零戦たちも大型クレーンでの積み込みが完了しているようだ。

(このまま南方へ行くんだろうか……)

治郎は思った。

もう来年七月十八日のことは、くどいほど志保に言ってあるので、それは必ず守られるだろう。もう治郎の役割はすんだはずなのに、なおも彼はこの時代にとどまっているのだ。

「そうだ。これか……」

治郎は思い立ち、左手首から航空時計を外した。

「これに志保の名前を刻んで」

治郎は時計を裏返し、志保のヘアピンを取り外して渡した。

この時代のヘアピンは金属製で、端も丸くなっていないので、充分に傷がつけられるだろう。

志保も受け取り、注意深く『シホ』と刻んだ。

「あなたも」

彼女がピンを渡すと、治郎も『ジロウ』と書いた。

この時代なら、『ジラウ』となるはずだが、治郎は普通に書いてしまった。

そういえば、病院で時計の名を見たとき、変だなと思ったが、それは治郎本人が書いたからなのだった。

「これでいい。じゃ行くよ」

治郎は志保にピンを返して言い、腕時計を嵌めた。

「杉井飛長、急げ！」

「はっ！」

隊長に怒鳴られ、治郎は志保に挙手をすると信玄袋を担ぎ治し、駆け足で舷梯《タラップ》に行って上がった。

ふと時計を見ると、長針と短針が、ものすごい速さで右回転をしていた。

（来たか……）

治郎は思うなり、もう志保を振り返る余裕もなく意識を失ってしまった……。


——気がつくと、そこは病室だ。

目の前では祖父、二郎が規則正しい寝息で昏睡していた。そして治郎の横には何と、八十代後半の気品ある女性が座っているではないか。

「志……、いや、おばあちゃん……？」

「どうしたんだい。ああ、その時計は思い出のものでね」

祖母、志保が彼の時計を見て言った。

どうやら、彼女は約束を守って外出を控え、生き延びてくれたのである。

治郎は、一瞬で七十年の時を越え、ほっと胸を撫で下ろした。

志保は美しい面影を残し、実に幸せな日々を過ごしてきたことが一瞬にして分かった。

「この時計に名前を刻んだあと、おじいちゃんはタラップで転ばなかった？」

「まあ、なぜ知っているの。いろいろ話を聞いたのね」

訊くと、志保も懐かしげに答えた。

「ええ、確かに階段に躓《つまず》いて転び、隊長さんにお尻を叩かれて、私は思わず笑ってしまったわ」

「そう……」

「でも叩かれてシャンとなって、元気に船に乗っていったわ。そして約束通り、一年半で帰ってきたの」

「はまゆうの、奈津さんや梅子さんは？」

「戦後も元気にしていたけれど、奈津さんは昭和の終わりに、梅子さんは去年亡くなったわ。ずっと親しくしていたの」

「百合子先生や、真知子さんや比呂子さんは？」

「まあ！　そんな名前までおじいさんに聞いていたの？　百合子先生は、私より少し先に女の子を産んで、戦後は旦那さんも南方から帰ってきたのよ」

「わあ、それはよかった……」

「でも、引っ越しをして、それからは交流は途絶えたわ。真知子さんや比呂子さんも、それぞれ疎開してそれきり」

「そうだったの……」

　治郎は感慨を込めて言った。

「何だか懐かしいわね。治郎とそんな話になるなんて。そうそう、梅子さんのお孫さんが、もうすぐここへお見舞いに来るわ」

「え……？」

「十八だから、お前と同い年でしょう。桜子《さくらこ》さんといって、あの頃の梅子さんにそっくりではないか。

志保が言った途端、ドアが軽くノックされ、当時の梅子そっくりな美少女が入ってきた。お下げでなくセミロングだが、小柄な体型や笑窪も、当時の梅子そっくりよ」

治郎は驚き、思わず梅子の名を呼びそうになってしまった。

「こんにちは。どう？　おじいさまの具合は」

桜子が志保に言い、治郎にも会釈した。

志保が生きているので、そのぶん治郎の知らない未来になっているのかも知れないが、どうやら桜子と治郎は初対面のようだ。

「初めまして。おばあさまから伺ってます。坂上桜子です」

「あ、杉井治郎です」

治郎が言うと、桜子は愛くるしい笑顔で、持ってきた花を生けた。

すると、二郎が目を開いたのだ。

「まあ、気がつきました？」

志保が言って二郎の枕元に屈み込む。

「ああ、よく眠ったよ。何だかすっきりした気分だ……」

二郎が言い、言葉も視線もはっきりし、顔色もよくなっているようだ。志保の看護で、峠を越えたのかも知れない。

「おじいさま、こんにちは」

桜子も、二郎に屈み込んで言った。

快復の兆しが見えたので志保も桜子も安心したようだった。

「じゃ、大丈夫なようだから、若い二人でお昼でも食べて来なさい。今日はもう帰ってもいいわ」

志保が言い、治郎も祖父の枕元に腕時計を返した。桜子と、もっといろいろ話したいと思っていたので治郎も嬉しかった。

考えてみれば、治郎の現代の肉体は、まだ童貞のままなのである。

「じゃ、行くね。また来るから」

治郎は言い、桜子と一緒にドアに向かった。

「ジロウ……」

と、祖父が声を掛けてきたので、治郎も振り返った。

「有難う……」

二郎が手を挙げて言うので、治郎も思わず海軍式の敬礼を返していた。

4

「家は三浦市なのだけど、今は大学一年なので都内にアパートを借りてるの」

「そう……」

近くのファミレスで、向かい合って食事しながら治郎と桜子は話した。

「追浜の、はまゆうはいつ頃まであったんだろう」

「さあ、奈津さんという曾おばあちゃんが元気な頃だから、昭和三十年代じゃないかしら。よく知ってるのね」

「うん、じいちゃんからさんざん聞かされたからね。で、梅子さんの旦那はどういう人だったの？」

「それが、いなかったみたい」

「え……？」

では、私生児だったのか。まさか、祖父の子を孕んでいたのではないかと治郎は思った。

そうなると、治郎と桜子は、従兄妹ということになる。

「何だか、初めて会った気がしないわね」

　桜子が言う。彼女も、何かの縁を感じているのだろうか。

「うん、僕も……。女の子と、こんなふうに差し向かいで話すの初めてなのに、自然に言葉が出るよ」

　治郎は言った。何しろ、七十年前の世界では、何人もの女性を相手にしてきたのだ。

　だから桜子への緊張や気後れは少ないが、童貞の肉体が疼き、痛いほど股間が突っ張ってきてしまった。

　何しろ、目の前の桜子そっくりの梅子を何度となく抱いたのだ。きっと、味も匂いも割れ目の形も似ているのだろうと、想像に難くなかった。

「そう、彼女はいないの？　私もよ」

「へえ、そうなの。高校は女子高？」

「ううん、おばあちゃんの頃は女学校だったけど、今は共学」

「じゃ、大津高女？」

「古い言葉を知ってるのね。今は大津高校よ」

　桜子が言い、中学高校とテニス部だったらしい。

　やがて食事を終えると、二人でレストランを出た。

「ね、私のアパート近くなの。来ない？」

「うん」

誘われ、願ってもないので治郎も頷いた。

桜子の案内で歩きはじめると、途中で二人の不良高校生が近寄ってきた。

「へえ、可愛い姉ちゃん連れてるな。なあ、金貸してくれない？」

顔を歪めて治郎に迫ってきたので、咄嗟に治郎はパパーンと往復ビンタをくれてやっていた。

憲兵の南部十四郎ほど見事にはいかないが、それで相手は震え上がった。

「小僧、親孝行しろ！」

死線を越えてきた眼光で睨み付けて言うと、呆気に取られた二人は逃げるように立ち去っていった。

桜子も、呆然と見つめていた。

「ごめんよ、乱暴なところを見せちゃって」

「ううん……、すごいのね、見かけは大人しそうなのに……」

「じいちゃんは撃墜王だったからね」

治郎が笑って言うと、桜子もすっかり魅せられたように、頬を紅潮させて案内した。

やがて十分足らずでアパートに着いた。桜子の部屋は、一階の東端だ。

鍵を開けて中に入ると、広いワンルームタイプだ。

すぐキッチンがあり、流しも清潔だった。部屋には学習机に本棚とテレビ、奥の窓際にはベッドが据えられ、室内には甘ったるい思春期の匂いが生ぬるく籠もっていた。

「男の子をお部屋に入れたの、初めてよ……」

「そう……」

桜子が緊張気味に言うので、治郎は答えながら、風のように彼女に迫り、唇を重ねながら抱きすくめてしまった。

「ウ……」

彼女は驚いたように呻き、ビクリと硬直したが、すぐにも長い睫毛を伏せ、力を抜いて身を預けてきた。

無垢な唇が柔らかく密着し、ほのかな唾液の湿り気と、甘酸っぱい匂いの息が感じられた。梅子にそっくりな感触と匂いだ。

治郎はファーストキスなのに、過去のことを思い出しながら感慨に耽り、そろそろと舌を挿し入れていった。

唇の内側のヌメリを舐め、白く滑らかな歯並びをたどり、ピンクの歯茎まで味わった。

すると桜子の歯も怖ず怖ずと開かれ、侵入を許してくれた。

口の中は、さらに悩ましく可愛らしい果実臭が濃厚に籠もり、舌を触れ合わせると、さっきのデザートのアイスが残っているかのように薄甘く、生温かな唾液が感じられた。

チロチロと舌をからませると、

「ンン……」

桜子も立ったまましがみつき、彼の舌にチュッと吸い付いて熱く呻いた。

治郎は執拗に舌を蠢かして、美少女の唾液と吐息を味わった。

やがて息苦しくなったように、そっと桜子が唇を引き離し、チラと彼を見て、すぐに俯いた。

「何て手が早いの。ケンカもそうだけれど、本当に彼女いなかったの……？」

桜子が、頬を染めてモジモジと言った。

「うん、本当に初めてだよ」

答えながら押しやると、すっかりファーストキスで力が抜けている桜子は、素直にベッドに腰を下ろした。

「じゃ、脱ごうね」

言いながら彼女のブラウスに手をかけると、桜子もすっかり興奮が高まったように、途中から自分でボタンを外していった。

治郎も手早く脱いで全裸になり、桜子が脱ぐのも手伝い、やがて一糸まとわぬ姿にさせてしまった。

「ああ……、恥ずかしいわ……」

桜子が胸を隠し、声を震わせた。

レースのカーテン越しに午後の日が射し、無垢な美少女の肢体が余すところなく晒されていた。

親子どんぶりというのはあるが、祖母孫どんぶりというのは滅多に経験できないだろう。しかも奈津もいたから、曾祖母も入ってしまう。これで桜子の母親とまで縁が持てたら、四代に渡ることになる。

とにかく治郎は過去の経験を生かし、初体験の興奮に包まれながら桜子に添い寝していった。

腕枕してもらうように腋の下に顔を埋め込むと、毛のない腋というのが実に新鮮だったが、やはり少々物足りなかった。

それでもスベスベの腋はジットリと汗に湿り、ミルクのように甘ったるい匂いが籠もっていた。治郎は何度も深呼吸して美少女の体臭で胸を満たし、そろそろとオッパイに移動していった。

膨らみが実に形よく、豊かすぎず小さすぎず、ややツンと上向き加減で艶めかしかった。

張りのある乳輪は光沢があり、乳首も実に綺麗な薄桃色をしていた。チュッと吸い付いて舌で転がし、顔全体を柔らかな膨らみに押しつけると、若々しい弾力が返ってきた。

「ああッ……！」

桜子が喘ぎ、くすぐったそうにクネクネと身をよじった。

そのたびに、汗ばんだ腋や胸の谷間から濃く甘ったるい匂いが漂い、上からは甘酸っぱい息が吐きかけられた。

治郎は美少女の匂いに酔いしれながら、左右の乳首を交互に含んで舐め回し、唇に挟んで吸ってはパッと離した。

「あう……」

桜子は敏感に感じて呻き、治郎も充分に味わってから、滑らかな処女の肌を舐め下りていった。

愛らしい縦長の臍を舐めると、この部分が梅子や奈津にまで繋がっていたのだなと思った。さらに、白く張りのある下腹に顔を押しつけて瑞々しい弾力を味わい、腰の丸みからムッチリとした太腿に移動した。

丸膝小僧を舐め、軽く嚙み、滑らかな脛に舌を這わせると、いったん身を起こし、彼女の足首を摑んで浮かせた。

足の裏に顔を押しつけ、踵から土踏まずを舐め、縮こまった指の間に鼻を割り込ませると、やはりそこは汗と脂にジットリ湿り、生ぬるく蒸れた匂いが濃く沁み付いていた。

桜色の爪を嚙み、爪先にしゃぶり付いて順々に指の股を舐めると、

「あう……、ダメよ、汚いわ……」

桜子が驚いたように呻き、ビクッと脚を引っ込めた。

それでも拒むことはせず、治郎は全ての指の間を味わい、もう片方の足も念入りにしゃぶった。

そして腹這いになって脚の内側を舐め上げ、股間に顔を進めていった。

白く神聖な内腿を舐めると、割れ目から熱気と湿り気が漂い、顔を包み込んできた。

大股開きにさせて中心部に顔を寄せると、

「アア……、恥ずかしい……」

桜子がヒクヒクと白い下腹を波打たせて喘いだ。

両膝の間に顔を割り込ませ、処女の割れ目に目を凝らした。

ぷっくりした丘には楚々とした若草が茂り、割れ目からはみ出す花びらは蜜を宿して興奮に色づいていた。

そっと指を当てて陰唇を左右に開くと、

「く……！」

触れられた桜子が呻き、ビクリと内腿を震わせた。

割れ目内部も綺麗なピンクの柔肉で、無垢な膣口が花弁状の襞を入り組ませて息づいていた。

ポツンとした尿道口の小穴も確認でき、包皮の下からは真珠色の光沢を放つクリトリスがツンと突き立っていた。

治郎は我慢できず、吸い寄せられるように顔を埋め込んでいった。

5

「ああッ……、ダメ……」

桜子が顔を仰け反らせて喘ぎ、内腿でキュッと治郎の両頬を挟み付けてきた。

彼はもがく腰を抱え込んで押さえつけ、柔らかな恥毛に鼻を擦りつけて嗅ぎ、甘ったるい汗の匂いと、ほのかな残尿臭の刺激で胸を満たした。

舌を這わせると、トロリとした淡い酸味の蜜が溢れてきた。

彼は舌先で膣口の襞をクチュクチュと掻き回し、滑らかな柔肉をたどって、クリトリスまで舐め上げていった。

「アア……！」

桜子が身を弓なりに反らせて喘ぎ、内腿に力を入れて悶えた。

治郎は美少女の味と匂いを堪能してから、桜子の腰を浮かせた。

白く形よいお尻の谷間を広げると、奥にひっそりと薄桃色のツボミが閉じられていた。

鼻を埋め込むと、顔中に双丘が密着し、淡い汗の匂いに混じり、秘めやかな微香が胸に沁み込んできた。

彼は悩ましくも懐かしい匂いを貪り、舌先でチロチロと震える襞を舐め回し、ヌルッと潜り込ませた。

「あう……!」

桜子が呻き、肛門でキュッときつく舌先を締め付けてきた。

治郎は滑らかな粘膜を舐め回し、ようやく脚を下ろしてから、舌を割れ目に戻していった。

そしてヌメリを舐め取り、クリトリスに吸い付くと、

「ダメ……、いきそう……」

桜子が声を上ずらせて言い、激しく腰をよじった。

やはりオナニー経験はあり、クリトリスによる絶頂は知っているようだった。

治郎は舌を引っ込め、桜子を絶頂寸前でとどめた。

そして股間から離れて添い寝し、荒い呼吸を繰り返している彼女の手を握り、ペニスに導いた。

桜子はビクッと指を震わせたが、好奇心が先に立ち、汗ばんで柔らかな手のひらに包み込み、ニギニギと動かしてくれた。

「ああ……、気持ちいい……」

治郎はうっとりと喘ぎ、そのまま彼女の顔を股間へと押しやった。

桜子も素直に移動し、大きく開いた彼の股間に腹這い、顔を寄せてきた。

セミロングの黒髪がサラリと内腿を撫で、股間に熱い息がかかった。

「おかしな形……」

桜子は熱い視線を注ぎながら言い、なおもペニスや陰嚢をいじり回してきた。

「お願い……、お口で……」

先端を突き出して言うと、すぐ彼女も顔を寄せ、舌を伸ばしてチロリと先端を舐めてくれた。

そして尿道口から滲む粘液を舐め取ると、張りつめた亀頭を含んできた。

「アア……」

治郎は快感に喘ぎ、無垢な美少女の口の中でヒクヒクと幹を震わせた。

桜子も熱い鼻息で恥毛をくすぐり、笑窪の浮かぶ頬をすぼめて吸い付きながら口の中でクチュクチュと舌をからめてくれた。

たちまち彼自身は、生温かく清らかな唾液にどっぷりと浸った。

治郎は小刻みに股間を突き上げ、濡れた唇で摩擦しながら激しく高まった。

「い、入れて……」

彼は言って、桜子の手を引っ張った。

「私が上……?」

「その方が自分のペースで入れられるし、自由に動けていいと思うよ」

言うと、彼女も素直に治郎の股間に跨がってきた。

唾液に濡れた先端に割れ目を押し当て、緊張に頰を強ばらせながら、彼女はゆっくりと腰を沈み込ませていった。

張りつめた亀頭が処女膜を丸く押し広げて潜り込むと、あとは自分の重みとヌメリに任せ、ヌルヌルッと滑らかに根元まで受け入れていった。

「アアッ……!」

桜子が顔を仰け反らせ、眉をひそめて喘いだ。

治郎も、肉襞の摩擦と熱いほどの温もり、きつい締め付けに包まれながら快感を嚙み締めた。

桜子もピッタリと股間を密着させて座り込み、上体を起こしていられず身を重ねてきた。治郎は両手を回して抱き留め、僅かに両膝を立てて温もりと感触を味わった。

はじめた。

彼は思わず呼びかけそうになるのを噛み堪え、やがて小刻みに股間を突き上げ

(梅ちゃん……)

「あうう……」

「痛いかい?」

「ううん、大丈夫……」

桜子は健気に答え、治郎もいったん動くと止めようがなくなってしまった。

「唾をいっぱい出して……」

治郎が言って下から唇を重ねると、桜子も愛らしい唇をすぼめて白っぽく小泡の多い唾液を溜め、トロトロと吐き出してくれた。

舌に受け、生温かな感触を味わい、治郎は呑み込んでうっとりと酔いしれた。

そして彼女の顔を抱き寄せ、ぷっくりした唇に鼻を押し込み、温かく湿り気ある息を胸いっぱいに嗅いだ。

「ああ、何ていい匂い……」

治郎は、梅子に似た匂いにうっとりとなった。

「嘘、食事のあと歯も磨いていないのよ……」

桜子が羞じらいながら言い、キュッときつく膣口を締め付けてきた。

「もっと口を開いて。下の歯を僕の鼻の下に引っかけるように」

「恥ずかしいわ……」

モジモジしながらも桜子がしてくれ、治郎は美少女の口の中の芳香で鼻腔を湿らせた。

そして可愛らしく甘酸っぱい果実臭の刺激で胸を満たされると、たちまち治郎は昇り詰めてしまった。

「い、いく……！」

突き上がる絶頂の快感に口走り、熱い大量のザーメンをドクンドクンと勢いよく柔肉の奥にほとばしらせた。

「あう……」

噴出を感じたか、桜子も小さく声を洩らし、ザーメンを飲み込むようにキュッキュッと膣内を締め付けてきた。まるで歯のない口に含まれ、舌鼓でも打たれているような快感だ。

治郎は心置きなく快楽を貪り、最後の一滴まで出し尽くした。

そして徐々に突き上げを弱めてゆき、まだ収縮する膣内に刺激されてヒクヒクとペニスを跳ね上げた。

桜子も、まだオルガスムスには程遠いが、大学一年になってようやく初体験した満足感に包まれているようだった。

彼女も力を抜いて体重を預け、治郎は温もりと重みを感じ、かぐわしい息を嗅ぎながらうっとりと快感の余韻に浸り込んでいった。

汗ばんだ肌を密着させながら互いに呼吸を整えると、やがて桜子がそろそろと股間を引き離し、ゴロリと横になった。

治郎は身を起こし、ティッシュを手にペニスを処理し、処女を失ったばかりの割れ目を覗き込んだ。

痛々しく陰唇がめくれているが、出血はなかった。

そこはやはり、十八歳の現代っ子らしく活発で、処女膜も柔軟なのかもしれない。逆流するザーメンを優しく拭ってやり、治郎は一緒にバスルームに行こうとした。

そうすれば、桜子のオシッコも求められるだろう。

しかし、そのとき、治郎の耳の奥に響いてくる音があった。

グオオーン……！

（れ、零戦……？）

治郎は思わず硬直して耳を澄ませた。それは零戦の発動機の音ではないか。

するると続いて、祖父の声が聞こえてきた。

（宜《よ》う候《そろ》ーッ……！）

それを聞き、治郎は急いで身繕いをはじめた。

「どうしたの？」

「どうやら、じいちゃんが逝《い》ったようだ。もう一度病院に戻る」

「え……？　どうして分かるの。じゃ私も行くわ……」

桜子もベッドを降り、慌てて服を着はじめた。

（杉井二郎海軍飛行兵長、いや、終戦時には下士官になって二飛曹――二等飛行兵曹、陸軍では伍長と同じ階級――か……。お疲れ様でした……）

治郎は心の中で言い、やがて服を着終わった桜子と一緒にアパートを出て、病院へと急いだ。

見上げると、秋晴れの空はどこまでも青く、その彼方に幻の零戦が見えたような気がした……。

おわりに

お買い上げ、有難うございます。

本書はいわば「戦記官能」で、舞台となるのは七十年前、昭和十九年の横須賀です。

横須賀は私の故郷で、追浜も汐入も新大津も、よく知っている町なので、実に楽しく書くことができました。

文中に登場するゲスト（?）も、なんと憲兵大尉の南部十四郎。私が本名で描いた漫画「ケンぺーくん」の主人公です。

そして飲み仲間で、先年九十歳を前にして亡くなられた、辻裕《ゆたか》海軍大尉も鎮守府勤務だったので、艦待ちの搭乗員の世話係で登場しています。

このような作品を書くにあたり、父が生きていれば、昔の横須賀の話ももっと多く聞けたのですが、つくづく残念でなりません。

このようなタイプの官能もあるという実験的な部分も大きく、アイデアを出して下さったという二見書房の営業部の方々に心より感謝いたします。

睦月影郎

平成二十六年盛夏

＊この作品は、書き下ろしです。また、文中に登場する団体、個人、行為などはすべて実在のものとはいっさい関係ありません。

二見文庫

永遠《えいえん》のエロ

著者　睦月影郎《むつきかげろう》

発行所　株式会社 二見書房
東京都千代田区三崎町2-18-11
電話 03(3515)2311［営業］
03(3515)2313［編集］
振替 00170-4-2639

印刷　株式会社 堀内印刷所
製本　株式会社 村上製本所

落丁･乱丁本はお取り替えいたします。
定価は、カバーに表示してあります。

ISBN978-4-576-14129-9
http://www.futami.co.jp/

二見文庫の既刊本

住職の妻

MUTSUKI,Kagero

睦月影郎

仏教系の大学を卒業後、修行のために月影院に預けられた仮性包茎の若僧・法敬は、ある日、自分で剃髪しようとしている時に、住職・無三の妻・今日子に熱い息を吹きかけられて……。豊満な女体によって禁断の味を覚えてしまった彼は、修行の道から快楽の道へとまっしぐらに突き進む――。官能界一の売れっ子作家による書下し!

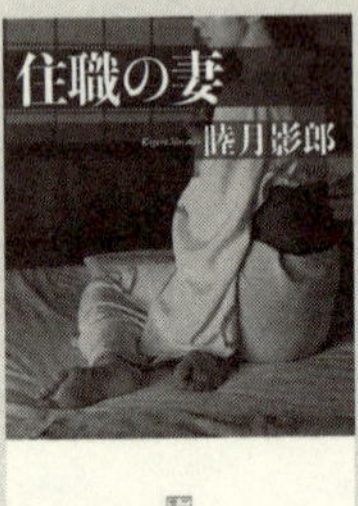